e·B

HENRY JAMES

DIE FREUNDE DER FREUNDE

DIE BIBLIOTHEK VON BABEL

Eine Sammlung phantastischer Literatur
herausgegeben von JORGE LUIS BORGES

HENRY JAMES

DIE FREUNDE DER FREUNDE

Mit einem Vorwort von Jorge Luis Borges

Erzählungen

EDITION BÜCHERGILDE

INHALT

VORWORT

Ungeachtet seines Geburtsdatums, 1843, und seines Todesjahrs, 1916, ist Henry James einer der größten Schriftsteller unserer Zeit. Er ist weniger ein Zeitgenosse Kiplings oder Tolstois als Kafkas. Er war ein unübertroffener Meister der Doppeldeutigkeit und der Unentschlossenheit, die so alltäglich in der Kunst unserer Tage ist. Vor Henry James war der Romancier allwissend, er drang bis in die Morgenträume vor, die der Mensch vergißt, wenn er erwacht. Vielleicht ohne es zu wissen, geht Henry James vom Briefroman des 18. Jahrhunderts aus, und er entdeckt den Standpunkt, den Umstand, daß die Geschichte durch den Mund eines Beobachters erzählt wird, der fehlbar sein kann und es gewöhnlich auch ist. Dieser Beobachter beschreibt die anderen, aber ohne es gewahr zu werden, beschreibt er sich selbst. Die Leser von Henry James werden zu einem dauernden wachen Mißtrauen gezwungen, was manchmal ein Genuß und manchmal zum Verzweifeln ist. Der Text kann die Tatsachen verfälschen oder sie nicht begreifen oder schlicht lügen.

Das von mir gebrauchte Wort »Beobachter« gilt gleichermaßen für die passive Laufbahn von Henry James.

Er wurde an einem 15. April in New York geboren.

Jedem Lokalpatriotismus abgeneigt, war sein Vater entschlossen, seine Söhne zu Kosmopoliten zu erziehen. Sie wuchsen in Paris, London, Genf und Rom auf. Wieder daheim, begann Henry 1862 an der Harvard Universität Jura zu studieren. Sein erstes Buch war eine Biographie von Hawthorne, die er unter dem Namen Henry James Jun. veröffentlichte. In der Meinung, daß Amerika keine geeigneten Themen für psychologische Romane böte, ließ er sich in Europa nieder, wo er fast sein ganzes Leben zubrachte. Er wollte in erster Linie beobachten. Beobachten ohne Übertreibung: Er hörte irgendeine Anekdote, er stellte ein oder zwei Fragen und verzichtete auf Details. Und schon hielt er das Samenkorn für einen langen Roman oder eine unvergeßliche Erzählung in der Hand. Wie Marcel Proust, der ihm so ähnlich und zugleich so verschieden war, meinte er, daß die Beobachtung des Menschengeschlechts nicht vor den höheren Schichten haltmachen dürfe, die ja nicht weniger Wirklichkeit sind als der Trubel in einer Kaschemme. Der Rahmen des Weltlichen ist typisch für sein gesamtes Werk, am Ende jedoch gerät auch das Übernatürliche, das Verhängnis und die Hölle mit hinein. Sein Lieblingsthema war der Amerikaner, der sich in der Widersprüchlichkeit Europas als Fremdling fühlt. Er endete schließlich mit dem Thema des Menschen, der ein Fremdling in der Welt ist, vielleicht weil auch er selbst ein Fremder unter allen Menschen war.

1915 verzichtete er auf seine amerikanische Staatsangehörigkeit und wurde Engländer, um seine Parteinahme für die Alliierten zu bezeugen.
Ein Jahr später sollte er sterben, verehrt, vereinsamt, bewundert und wenig gelesen. Seine Zeitgenossen Kipling, Wells und Shaw dagegen erregten Begeisterung und Diskussion. Er war besessen von der Suche nach dem treffenden Wort; auf dem Sterbebett pries er das Mysterium mit der Ankündigung: »Und nun dies ganz Andere, der Tod!«
Für diese Anthologie haben wir vier sehr verschiedene Erzählungen ausgesucht. In *Private life (Das Privatleben)* vermählen sich Phantastisches und Satirisches, das immer wieder neu abgehandelte (bei Stevenson und Papini beliebte) Thema des Doppelgängers und der Spott über die glanzvollen Nichtigkeiten, die über die sichtbaren Schauplätze der Welt flanieren. *Owen Wingrave* wirkt zunächst wie ein Plädoyer für den Pazifismus; später sieht man, daß die Befrachtung mit Altertümlichem und Gespenstischem das Epische nicht ausschließt. *The Friends of the Friends (Die Freunde der Freunde)* ist von tiefer Melancholie durchzogen und zugleich eine Verherrlichung der durch das geheimnisvollste Mysterium veredelten Liebe. Diesen drei phantastischen Erzählungen haben wir eine beigesellt, die, ohne phantastisch zu sein, vielleicht Henry James' Meistererzählung ist. *The Abasement of the Northmores (Die Blamage der Northmores)* ist die Chronik einer ge-

duldigen Rache, die um so grauenvoller ist, als wir über ihre allerletzte Wirklichkeit im Ungewissen bleiben.

Zwei unvergeßliche Fotos von Henry James sind uns geblieben, die Alice Boughton 1906 aufgenommen hat. Das erste verewigt das Bild eines herablassenden, leidenden Herrn, der hinter den Attributen konventioneller Eleganz – Zylinder, steifer Kragen, Spazierstock, auf den er sich stützt – vergeblich das zu verbergen sucht, was sein tieftrauriges Gesicht verrät: daß er der unglücklichste aller Menschen ist. Das zweite zeigt Henry James in derselben Kleiderpracht, wie er, nicht ohne ungläubige Verblüffung, das erste Bild betrachtet. Die Idee zu diesem Spiel mit dem Menschen, wie ihn die anderen sehen und wie er selbst sich sieht, stammt zweifellos von Henry James. Das Gesicht, das beide Fotos überliefern, entspricht mit seinem stoischen und abwesenden Ausdruck dem unbeugsamen Bild, das uns aus seinem Werk anblickt.

JORGE LUIS BORGES

DAS PRIVATLEBEN

Wir redeten von London, und das angesichts eines gewaltigen, starrenden urzeitlichen Gletschers. Ort und Zeit gehörten zu jenen Eindrücken, die einen in der Schweiz ein wenig mit den modernen Demütigungen versöhnen, die mit dem Reisen verbunden sind – dem wahllosen In-ein-Abteil-gesteckt-Werden, dem allgemeinen Mangel an feiner Lebensart, dem Bahnhof und dem Hotel, der herdenhaften Geduld, dem Kampf um ein bißchen Aufmerksamkeit, der Tatsache, daß man nichts weiter ist als eine Nummer. Das Hochtal war rosig überhaucht vom Glühen der Alpenrose, und die kühle Luft war frisch, als wäre die Welt noch jung. Auf dem noch nicht weggeschmolzenen Schnee lag ein Hauch von nachmittäglicher Sonnenröte, und das einträchtige Gebimmel der Rinder, die freilich unsichtbar blieben, drang zusammen mit sonnengewärmtem Duft von Acker und Erde zu uns herauf. Das Gasthaus mit den breiten Balkonen vor dem Giebel stand auf der höchsten Höhe des lieblichsten Passes im Oberland, und seit einer Woche hatten wir Gesellschaft und gutes Wetter gehabt. Das wurde allgemein als großes Glück gewertet, denn das eine hätte für das andere entschädigen müssen, hätte das eine oder das andere sich als schlecht erwiesen.

Das Wetter hätte zweifellos für die Gesellschaft entschädigt; doch mußten wir es in dieser Beziehung gar nicht bemühen, denn ein glücklicher Zufall wollte es, daß wir die *crème de la crème* hatten: Lord und Lady Mellifont, Clare Vawdrey, den – nach Ansicht vieler – bedeutendsten Vertreter unserer glorreichen Literatur, und Blanche Adney, die – nach Ansicht aller – größte unserer Schauspielerinnen. Ich erwähne diese zuerst, weil es sich um genau jene Leute handelte, um die ganz London sich damals riß. In London mußte man sie sechs Wochen im voraus »buchen«, doch in unserem Falle hatten wir sie bekommen, ohne daß große Umstände hatten gemacht werden müssen, ja, war ein jeder um der anderen willen hergekommen. Ein allgemeiner Stimmungsumschwung hatte uns in den letzten Augusttagen zusammengebracht, und wir betrachteten es als einen Glücksfall, daß wir das unter dem Schutz des Barometers auch bleiben konnten. Wenn die goldenen Tage erst einmal vorüber wären – wozu es bestimmt früh genug kam –, würden wir uns verschiedene Seiten des Passes hinunter verlieren und hinter den Gipfeln der uns umgebenden Berge verschwinden. Wir hatten alle etwas Gemeinsames, wir alle waren Gegenstand der gleichen, wenn auch unterschiedlich sich äußernden Aufmerksamkeit der Öffentlichkeit. In London trafen wir uns häufig, wenn auch nicht regelmäßig; und wir alle gehorchten mehr oder weniger den Gesetzen und der Sprache, den Traditionen und den Losungen dessel-

ben enggeknüpften Gesellschaftsgefüges. Ich glaube, wir alle, selbst die Damen, »taten« etwas, obwohl wir, wenn die Sprache darauf kam, alle durch die Bank so taten, als täten wir es nicht. Über so etwas spricht man in London nicht, und so gehörte es zu unseren harmlosen Vergnügungen, hier anders zu sein als daheim. Es mußte irgendeine Möglichkeit geben, den Unterschied zum Ausdruck zu bringen, zumal wir alle meinten, daß dies hier unser aller Jahresurlaub sei. Auf jeden Fall hatten wir das Gefühl, daß die Verhältnisse hier menschlicher seien als in London oder daß zumindest wir selbst es wären. In dieser Hinsicht waren wir sehr freimütig, wir sprachen es sogar aus; genau über dieses Thema unterhielten wir uns, als wir hinüberblickten zu dem glühenden Gletscher und jemand unsere Aufmerksamkeit auf die nun schon länger andauernde Abwesenheit von Lord Mellifont und Mrs. Adney lenkte. Wir saßen auf der Terrasse des Gasthauses mit den Bänken und kleinen Tischen, und diejenigen von uns, denen am meisten daran gelegen war zu beweisen, daß wir an den Busen der Natur zurückgekehrt seien, tranken dieser sonderbaren teutschen Mode entsprechend vorm Essen ihre Tasse Kaffee.
Die Bemerkung über die Abwesenheit unserer beiden Gefährten wurde nicht aufgegriffen, nicht einmal von Lady Mellifont, ja, nicht einmal von dem kleinen Adney, dem beliebten Komponisten; denn die Bemerkung war nur während einer ganz, ganz kurzen Rede-

pause von Clare Vawdrey gefallen. (Der gefeierte Schriftsteller hieß nur auf den Titelseiten »Clarence«.) Gerade die Offenbarung, daß wir alle schließlich Menschen seien, war es, worüber er sich im Augenblick ausließ. Er fragte die Anwesenden, ob nicht jeder, wenn er ehrlich wäre, versucht sei, zu jedem anderen hier zu sagen: »Ich hatte ja gar keine Ahnung, daß Sie wirklich so nett sind.« Ich meinerseits fand übrigens, daß *er* es durchaus sei, was möglicherweise sogar noch ein schwacher Ausdruck war, aber sich damit im einzelnen auseinanderzusetzen war viel zu kompliziert; außerdem geht es in meiner Geschichte ja gerade darum. Wir waren ganz allgemein stillschweigend übereingekommen, daß, wenn Vawdrey redete, wir anderen zu schweigen hätten, und das sonderbarerweise nicht, weil er das auch nur im entferntesten erwartete. Das tat er nicht, denn von allen, die gern und viel reden, war er derjenige, der das am wenigsten bewußt tat, der am wenigsten darauf erpicht war und es gleichsam nicht professionell tat. Es war vielmehr die Überzeugung des Gastgebers, der Gastgeberin, die unter uns vorherrschte: Es war zwar ihre eigene Idee, aber sie hielten immer Ausschau nach einem Kreis von Zuhörern, wenn der große Romancier bei ihnen zu Abend speiste. Bei der Gelegenheit, von der ich hier spreche, war vermutlich niemand anwesend, mit dem er, daheim in London, noch nie zu Abend gegessen hatte, und wir alle spürten bei ihm die Macht der Gewohnheit. Er hatte sogar schon zusammen mit mir diniert; und an jenem Abend hatte es mich – genauso wie an diesem Nachmittag in den Alpen – keinerlei Mühe gekostet, den Mund zu halten, dermaßen leidenschaftlich war ich damit beschäftigt, jener Frage nachzusinnen, die mich angesichts seiner stattlichen und kräftigen Gestalt stets in hohem Maße beschäftigte.

Diese Frage war um so quälender, als er selber (dessen bin ich ganz sicher) nie auf den Gedanken gekommen wäre, sie anderen aufzudrängen, genausowenig, wie ihm jemals aufgegangen wäre, daß man ihm sein Leben lang jeden Tag beim Abendessen zuhörte. In den Wochenzeitungen pflegte er als »subjektiv« apostrophiert zu werden, und doch wäre das in Gesellschaft kein vornehmer Herr weniger gewesen als er. Er sprach nie von sich; ja, das war ein Thema, über das er, obwohl es bei ihm im höchsten Maße angemessen gewesen wäre, allem Anschein nach nicht einmal nachdachte. Er hatte seine Tageseinteilung und seine Gewohnheiten, seinen Schneider und seinen Hutmacher, seine Hygiene und seinen besonderen Wein, aber all diese Dinge zusammen ergaben nie so etwas wie eine Einstellung. Gleichwohl stellten sie die einzige Einstellung dar, die er jemals verkörperte, und es fiel ihm leicht, davon zu reden, daß wir im Ausland »netter« seien als daheim. Auf *ihn* traf ein solches Anderssein in gar keiner Weise zu, er war weder hier noch dort noch an irgendeinem Ort auch nur um ein weniges »netter« oder »weniger« nett als sonst. Er unterschied sich von anderen Leuten, niemals jedoch von sich selbst (bis auf jene außerordentliche Weise, auf die ich später zu sprechen kommen werde), und mir fiel an ihm auf, daß er weder Launen hatte noch empfindlich war und auch keinerlei Vorlieben hegte. Er hätte sich stets in derselben Gesellschaft bewegen können, wenn es darum ging, daß er irgend etwas einen Einfluß auf sich einräumte, wie etwa Alter, Umstände oder Geschlecht: Er wandte sich auf genau die gleiche Weise an Frauen wie an Männer, plauderte mit allen Menschen ohne Unterschied und versprühte klugen Menschen gegenüber nicht mehr Witz als gegenüber langweiligen. Was mich gelegentlich zur Verzweiflung brachte, war die Art, wie er sich – soweit ich das feststellte – an ein Thema klammerte, egal, was es sei: Es gab immerhin einige Themen, die ich persönlich haßte. Niemals hatte ich es erlebt, daß er laut oder freudig erregt oder weitschweifig gewesen wäre, und genausowenig kann ich mich erinnern, daß er jemals ein Paradoxon zum besten gegeben, eine Nuance herausgearbeitet oder mit einem Gedanken gespielt hätte. Daß er es sich in den Kopf gesetzt hatte, sich über unser »Menschlichsein« auszulassen, stellte in seiner Konversation durchaus einen ungewöhnlichen Höhenflug dar. Seine Ansichten waren vernünftig, aber nicht bedeutend, und sich über die Tiefe seiner Einsichten Gedanken zu machen war allzu verwirrend. Ich beneidete ihn um seine prachtvolle Gesundheit.

Vawdrey hatte sich mit stets gleichbleibendem Tempo und seinem durch nichts angekränkelten Gewissen in die Niederungen der Anekdoten hinabbegeben, wo die Geschichten schon von weitem zu erkennen sind wie Windmühlen oder Wegweiser; doch fiel mir nach einer Weile auf, daß Lady Mellifont in Gedanken offenbar woanders weilte. Zufällig saß ich neben ihr. Ich bemerkte, daß ihr Blick ein wenig ängstlich über die niedrigeren Hänge der Berge schweifte. Zuletzt schaute sie auf die Uhr und sagte zu mir: »Wissen Sie, wohin sie gegangen sind?«

»Meinen Sie Mrs. Adney und Lord Mellifont?«

»Lord Mellifont und Mrs. Adney.« Dadurch, wie sie meine Worte in der echogleichen Wiederholung umstellte, schien sie mich – unbewußt, versteht sich – zu verbessern, doch kam mir nicht einmal der Gedanke, daß sie das tun könnte, weil sie eifersüchtig gewesen wäre. Einer derart niedrigen Regung hielt ich sie für unfähig: Zunächst einmal, weil ich sie mochte, und zum anderen, weil einem stets bald klarwurde, daß es, in welchem Zusammenhang auch immer, richtig war, Lord Mellifont an erster Stelle zu nennen. Er *kam* an erster Stelle – eindeutig an erster Stelle. Ich sage nicht, daß er der Größte oder Klügste oder Berühmteste gewesen wäre, wohl aber grundsätzlich immer jede Liste anführte und bei Tisch stets am Kopf der Tafel saß. Das allein schon macht eine bedeutende Stellung aus, und für seine Frau war es nur natürlich, ihn immer dort zu sehen. Meinen Worten hätte man entnehmen können, daß es Mrs. Adney gewesen wäre, die ihn mitgenommen hatte; doch für ihn war es unmöglich, daß jemand ihn mitnahm – es war er, der andere mitnahm. Es lag in der Natur der Dinge, daß niemand das besser wußte als Lady Mellifont. Ursprünglich hatte ich ziemlich viel Angst vor ihr gehabt, denn mit ihrem unbeweglichen Schweigen und dem tiefen Schwarz von fast allem, was ihre Person umgab, hatte ich sie für irgendwie hart, ja, sogar für etwas schwermütig gehalten. Ihre Blässe wirkte ein wenig grau und ihr schimmerndes schwarzes Haar metallisch wie die Broschen und Bänder und Kämme, mit denen sie sich unweigerlich schmückte. Sie war ständig in Trauer und trug zahllose Schmuckstücke aus Jet und Onyx, tausend klirrende Ketten und Spangen und Perlen. Ich hatte gehört, wie Mrs. Adney sie Königin der Nacht nannte, und das traf den Nagel so ziemlich auf den Kopf, sofern man davon ausging, daß die Nacht wolkenbedeckt war. Sie hatte ein Geheimnis, und wenn man dem nicht auf die Spur kam, sobald man sie näher kennenlernte, merkte man zumindest, daß sie gütig, unaffektiert und beschränkt und außerdem von gottergebener Schwermut war.

Sie wirkte wie eine Frau, die unter einer schmerzlosen Krankheit litt. Ich sagte ihr, ich hätte ihren Gatten und seine Begleiterin vor etwa einer Stunde die Schlucht hinuntergehen sehen, und meinte, vielleicht wisse Mr. Adney, was sie vorgehabt hätten.

Vincent Adney, der trotz seiner fünfzig Jahre wie ein braver kleiner Junge wirkte, dem man eingebleut hatte, daß Kinder im Beisein von Erwachsenen nicht sprechen sollen, fügte sich mit bemerkenswerter Unbefangenheit und Takt in die Rolle des Ehemanns einer großen Dame vom Theater. Wenn auch nichts weiter darüber zu sagen war, als daß sie es ihm leichtmachte, so konnte man doch nicht umhin, die Bezauberung und Liebe zu bewundern, mit der er alles als selbstverständlich hinnahm. Es ist schwierig für einen Ehemann, der nicht auf der Bühne oder zumindest beim Theater ist, gute Miene zu einer Frau zu machen, die dort so glänzt; aber Adney tat mehr als nur das – er war in dieser Beziehung bewunderungswürdig und übertraf sich selbst. Er setzte seine Liebe in Musik um; und man erinnert sich gewiß, wie echt seine Musik sein konnte – es sind die einzigen englischen Musikwerke, bei denen ich es erlebt habe, daß sie bei einem Ausländer Interesse weckten. Seine Frau war stets in diesen Klängen lebendig; sie wirkten wie eine freie, großzügige Umsetzung des Eindrucks, den sie hervorrief. Hörte man sie sich an, war es, als schwebte sie lachend und mit wallendem Haar dahin. Er war nur ein kleiner Geiger an ihrem Theater gewesen, der während der Akte immer an seinem Platz saß; aber sie hatte ihn zu etwas Erlesenem und Unerschrockenem und Mißverstandenem gemacht. Bei aller Überlegenheit von ihrer Seite war eine Art Partnerschaft entstanden, und ihr Glück war Teil des

Glücks ihrer Freunde. Das einzig Mißliche in Adneys Leben war es, daß er kein Theaterstück für seine Frau schreiben konnte, und die einzige Art, sich in ihre Angelegenheiten einzumischen, bestand darin, daß er die unmöglichsten Leute fragte, ob *sie* es nicht könnten.

Lady Mellifont sah einen Augenblick zu ihm hinüber und meinte dann zu mir, an ihn würde sie sich dieser Frage wegen lieber nicht wenden, um dann im nächsten Augenblick hinzuzufügen: »Mir wäre es lieber, die Leute merkten nicht, wie nervös ich bin.«

»Sind Sie denn nervös?«

»Das bin ich immer, wenn mein Mann nicht bei mir ist – ob nun für längere oder kürzere Zeit.«

»Haben Sie denn Angst, ihm könnte etwas zugestoßen sein?«

»Ja, immer. Allerdings bin ich daran gewöhnt.«

»Fürchten Sie, er könnte abstürzen – oder so was Ähnliches?«

»Ich weiß nicht genau, was es ist; es ist allgemein das Gefühl, daß er nie mehr zurückkommt.«

Sie sagte so viel und hielt mit so viel hinterm Berg, daß ich das Gefühl hatte, die einzige Möglichkeit, ihr zu helfen, bestehe darin, sich darüber lustig zu machen. »Er wird Sie doch bestimmt nie im Stich lassen!« sagte ich daher lachend. Sie blickte einen Moment auf den Boden. »Ach, im Grunde bin ich unbesorgt.«

»Was soll einem so tüchtigen Mann schon zustoßen,

jemandem, der immer genau das Richtige tut wie er und auf alles gefaßt ist«, fuhr ich fort, ihr Mut zuzusprechen.

»Ach, Sie haben ja keine Ahnung, wie sehr er auf alles gefaßt ist!« fuhr sie mit einem eigentümlichen Zittern in der Stimme fort, das ich nur darauf zurückführen konnte, daß sie nervös war. Diese Überlegung wurde noch bestätigt dadurch, daß sie kurz darauf die Stühle wechselte, ohne daß das einen bestimmten Grund gehabt hätte, nicht, um unserer Unterhaltung ein Ende zu setzen, sondern einfach, weil sie unruhig war. Zwar wußte ich nicht, was mit ihr los war, doch war ich schon erleichtert, als ich schließlich Mrs. Adney auf uns zukommen sah. Sie trug einen großen Strauß Feldblumen in der Hand, doch war Lord Mellifont nicht an ihrer Seite. Freilich sah ich sofort, daß sie kein Unglück zu melden hatte. Da ich jedoch wußte, daß es eine Frage gab, die Lady Mellifont gern beantwortet gehabt hätte, jedoch zu stellen nicht wagte, brachte ich augenblicklich die Hoffnung zum Ausdruck, Lord Mellifont sei doch wohl nicht in einem Abgrund zurückgeblieben.

»O nein, er hat mich erst vor wenigen Minuten verlassen. Er ist ins Haus.« Blanche Adney ließ ihre Augen einen Moment auf den meinen ruhen – eine Art der Verständigung, gegen die kein Mann etwas haben konnte. Gesteigert wurde mein Interesse in diesem Fall noch durch etwas ganz Bestimmtes, das ihre Augen mir übermittelten. Für gewöhnlich besagten sie eigentlich nie mehr als: »Sicher bin ich bezaubernd, das weiß ich, aber machen Sie bitte kein Aufheben davon. Ich möchte nur eine neue Rolle haben – wirklich, wirklich!« Diesmal gaben sie mir außerdem vage und doch eindringlich und – das versteht sich von selbst – mit größtem Liebreiz zu verstehen, denn sie tat es nie anders: »Es ist alles in Ordnung – obwohl etwas vorgefallen ist. Vielleicht erzähle ich es Ihnen später.« Sie wandte sich Lady Mellifont zu, und die Mühelosigkeit, mit der sie den Übergang zu schlichter Fröhlichkeit zuwege brachte, verriet, wie meisterlich sie ihren Beruf beherrschte. »Ich habe ihn heil und ganz wieder mitgebracht. Wir haben einen hinreißenden Spaziergang gemacht.«

»Das freut mich sehr«, erwiderte Lady Mellifont mit einem Anflug von Lächeln und fuhr dann beim Aufstehen fort: »Er muß hinaufgegangen sein, um sich zum Abendessen umzukleiden. Es ist doch schon bald soweit, oder?« Sie entfernte sich in Richtung Hotel und verlieh auf diese Weise der feinen Lebensart etwas Schlichtes, wohingegen der Rest von uns bei der Erwähnung des Abendessens auf die Uhr schaute, als könnte man sich dadurch der Verantwortung für etwas so Gewöhnliches entledigen. Der Oberkellner – wie alle Oberkellner ein Mann von Welt – gestattete uns, die Frage, wann und wo wir speisen wollten, selbst zu entscheiden, so daß wir abends im Lichtschein einer einzigen Lampe etwas abseits von den anderen Gästen eine einheitliche und gern gelittene Gruppe bildeten. Es waren jedoch nur die Mellifonts, die sich »umkleideten«, von denen man aber auch mit größter Selbstverständlichkeit erwartete, daß sie das taten: *sie* genauso wie an allen anderen Abenden ihres von Förmlichkeiten beherrschten Lebens (sie war keine Frau, die in ihren Gewohnheiten etwas so Unbeständiges wie das jeweils Passende berücksichtigen konnte); *er* hingegen auf der anderen Seite mit einer bemerkenswerten Anpassungsfähigkeit und Sinn für das Angemessene. Er war fast genauso ein Mann von Welt wie der Oberkellner und sprach sogar fast ebenso viele Sprachen; aber er nahm Abstand davon, im Geiste mit Frack und weißer Weste zu liebäugeln, sondern wurde der Gelegenheit auf eine viel subtilere Weise gerecht – durch die Wahl zum Beispiel zwischen schwarzem Samt und blauem Samt und braunem Samt bis hin zu der harmonischen Abstimmung zwischen Krawatte und den feinen Extravaganzen des Hemdes. Er besaß einen Anzug für jede Gelegenheit und eine Moral für jeden Anzug; und all seine Obliegenheiten, Anzüge und seine Moralvorstellung gehörten für eine unendlich große Zahl von Zuschauern zum Lebensgenuß dazu – zumindest zu dem, was die schöneren Seiten dieses Lebens und die Liebe betrifft. Für seine besonderen Freunde freilich waren diese Dinge mehr als nur Kurzweil; sie waren Gesprächsthema, eine Säule der Gesellschaft und darüber hinaus selbstverständlich auch noch Gegen-

stand ständiger Neugier. Wäre seine Frau vorm Diner nicht dagewesen, würde sie vermutlich Gegenstand der Unterhaltung gewesen sein, um dessentwillen der Rest von uns die Köpfe zusammensteckte.
Clare Vawdrey verfügte über einen großen Schatz von Anekdoten, in denen diese Frage die Hauptrolle spielte; er hatte Lord Mellifont fast von Anfang an gekannt. Eine Besonderheit dieses Edelmannes war es, daß man sich einfach nicht über ihn unterhalten konnte, ohne daß diese Unterhaltung zu einer Anekdote wurde, und was ihn noch weiter auszeichnete, war, daß es offenbar keine Anekdote geben konnte, die ihm im großen und ganzen nicht zur Ehre gereichte. Wäre er zu irgendeinem Zeitpunkt irgendwo eingetreten – die Anwesenden hätten freimütig erklären können: »Selbstverständlich reden wir über Sie.« Soweit man überhaupt von Gewissen sprechen kann, hatte man in London allgemein ein gutes Gewissen. Im übrigen wäre es unmöglich gewesen sich vorzustellen, daß er eine Huldigung anders als huldvoll zur Kenntnis genommen hätte, denn er war stets die Ruhe selbst, wie ein Schauspieler, der sein Stichwort genau kennt. Er hatte nie in seinem Leben einen Souffleur gebraucht – selbst dann nicht, wenn er in Verlegenheit geriet, auch das war oft geprobt. Was mich persönlich betrifft, so hatte ich, wenn die Rede von ihm war, stets den sonderbaren Eindruck, als redeten wir von einem Toten – so sehr genoß man es allseits, sich über ihn zu unterhalten. Sein Ruf war

eine Art von vergoldetem Obelisk, gleichsam, als sei er darunter bestattet; Legende und Erinnerungen an ihn hatten sich vor der Zeit verselbständigt.
Dieser Doppelsinn ergab sich, so vermute ich, aus der Tatsache, daß allein der Klang seines Namens und das Air, das er sich gab, sowie die allgemeine Aufmerksamkeit, die er weckte, irgendwie so ungewöhnlich und so hoch gespannt waren. Die Erfahrung zu machen, wie weltmännisch er wirklich war, kam viel später; die Erwartung, die Legende verblaßten angesichts der Wirklichkeit. So erinnere ich mich, daß diese Wirklichkeit an dem Abend, von dem hier die Rede ist, ganz besonders zur Geltung kam. Der stattlichste Mann seiner Generation hätte nicht besser aussehen können als er, und er saß unter uns wie ein sanftmütiger Dirigent, der mittels harmonischer Armbewegungen ein noch nicht richtig aufeinander eingespieltes Orchester beherrscht. Die Gesten, mit denen er den Gang der Unterhaltung bestimmte, waren genauso unwiderstehlich wie unbestimmt; man hatte das Gefühl, als ob man ohne ihn überhaupt keinen rechten Ton hervorgebracht hätte. Das war im wesentlichen alles, was er zu jeder Gelegenheit beitrug – was er vor allem zum öffentlichen englischen Leben beisteuerte. Er durchdrang es, er verlieh ihm Farbe und verschönerte es, und ohne ihn hätte es wohl kaum seinen Niederschlag in der Sprache gefunden. Auf jeden Fall hätte es des Stils entbehrt; denn eben dadurch, daß Lord Mellifont dazugehör-

te, *hatte* es Stil. Genau darüber war ich mir soeben voller Verwunderung klargeworden, als wir uns in der *salle à manger* des kleinen Schweizer Gasthauses zum unvermeidlichen Kalbsschnitzel niederließen. Verglichen mit seiner Erscheinung (in Klammern muß ich hinzusetzen, daß er nicht oft mit etwas verglichen wurde), gemahnte Clare Vawdreys Konversation an einen Reporter in der Gegenüberstellung zu einem Dichter. Es kam jedoch zu keinem Vergleich – in Lord Mellifonts Takt eingehüllt, war alles gedämpft und schrumpfte in den Ausmaßen. Nur rudimentär war in ihm die Fähigkeit ausgebildet, eine Lösung für ein Problem wie etwa das des Gastgeberspielens zu finden, also Verantwortungen zu übernehmen, die selbstverständlich gewisse Opfer verlangten. Schließlich war er nie in seinem Leben Gast gewesen; er war an jeder Tafel entweder Gastgeber, Hausherr oder Wortführer. Wenn es überhaupt einen Fehler in seiner Art, sich zu geben, gab (und das wage ich nur mit gedämpfter Stimme anzudeuten), dann, daß er ein wenig mehr Lebensart besaß, als jedes Beisammensein – auch noch das komplizierteste – erforderte. Auf jeden Fall machte man sich so seine Gedanken darüber, wie dieser weltgewandte Herr von Adel mit der Situation fertig wurde und wie der eigensinnige Literat die Situation als solche überhaupt nicht wahrnahm (geschweige denn, daß er Teil dieser Situation war), daß er entsprechend manipuliert wurde. Lord Mellifont verströmte ganze Schätze an

Takt, wohingegen Clare Vawdrey nicht im Traum darauf kam, daß er es tat.
Vawdrey war derlei Vorsichtsmaßnahmen gegenüber die Arglosigkeit selbst, merkte nicht einmal, als Blanche Adney ihn fragte, ob er schon zu ihrem dritten Akt gekommen sei – eine Frage, in die sie höchst subtil eine ganz bestimmte Nuance einfließen ließ. Sie sonnte sich in der Vorstellung, daß er ein Stück für sie schreiben solle und daß – wenn er sich nur genug Mühe gab – die Hauptrolle darin genau die Rolle sein würde, auf die sie schon seit undenklichen Zeiten gehofft hatte. Sie war vierzig Jahre alt (was kein Geheimnis für jene sein konnte, die sie schon von Anfang an bewundert hatten) und konnte die Hand ausstrecken, um das ersehnteste aller Ziele zu ergreifen. Das verlieh ihrem Wunsch, die große Gelegenheit nicht zu verpassen, eine Art von tragischer Leidenschaft – schließlich war sie die vollendete Komödiantin. Die Jahre waren vorübergegangen, und trotzdem hatte sie es nicht gepackt; keine von den vielen Rollen, die sie gespielt hatte, war die gewesen, von der sie geträumt, und so war jetzt keine Zeit mehr zu verlieren. Das war der Rost auf der Rose, das Leiden hinter dem Lächeln. Das machte sie rührend – verlieh ihrer Traurigkeit womöglich noch größere Süßigkeit als selbst ihrem Lachen. Sie hatte Gestalten des alten englischen Theaters ebenso verkörpert wie solche des neuen französischen, und sie hatte ihre Generation damit verzaubert; was sie jedoch verfolgte, war die

Vision einer noch größeren Gelegenheit, die Vorstellung von etwas, was echter war als die Verhältnisse, die um sie herum herrschten. Sie hatte Sheridan satt, und Bowler haßte sie; wonach sie verlangte, das war gleichsam eine feinere Palette. Das Schlimme war für mein Gefühl, daß sie ihre moderne Komödie niemals aus diesem großen und gereiften Romancier herausholen würde; denn der war dazu genauso unfähig wie, sagen wir, zum Einfädeln eines Fadens. Sie verwöhnte ihn, sie redete mit ihm, sie schenkte ihm, woraus sie kein Hehl machte, ihre Liebe; aber sie wiegte sich in Illusionen – sie mußte mit Bowler leben und auch sterben.

Es ist schwierig, sich flüchtig über diese bezaubernde Frau auszulassen, die schön war, ohne Schönheit zu besitzen, und vollkommen, wiewohl es ihr an manchen Dingen gebrach. Restlos überzeugend war sie immer nur auf der Bühne, und in Gesellschaft wirkte sie wie ein Modell, das vom Posierpodest heruntergestiegen ist. Sie war ein wandelndes Gemälde, was für das wenig kunstsinnige gesellschaftliche Bewußtsein ständig Anlaß zum Staunen gab – ein Wunder. Die Leute dachten, sie verriete ihnen gleichsam die Geheimnisse der Malerei, wofür sie ihr Tee und Entspannung schenkten. Dabei verriet sie ihnen gar nichts, trank den Tee aber trotzdem; nichtsdestotrotz kamen sie bei dem Handel besser weg als sie. Vawdrey war wirklich dabei, ein Stück zu schreiben; doch wenn er damit angefangen hatte, weil sie ihm gefiel, ließ er es, meine ich, aus demselben Grunde auch schleifen. Insgeheim spürte er das furchtbare Dilemma – wußte er ganz genau, daß das fertige Stück aus seiner Feder kein wirkliches Leben zu erwarten hatte. Gleichzeitig konnte nichts angenehmer sein, als eine solche Frage mit Blanche Adney offenzuhalten, und so fügte er dem Stücke von Zeit zu Zeit etwas sehr Gutes hinzu. Wenn er Mrs. Adney betrog, dann nur, weil sie in ihrer Verzweiflung einfach betrogen werden wollte. Auf ihre Frage nach ihrem dritten Akt entgegnete er, gerade vorm Abendessen habe er eine prachtvolle Passage geschrieben.

»Vorm Abendessen?« sagte ich. »Aber, *cher grand maître*, vorm Essen haben wir Ihnen hier auf der Terrasse doch gebannt gelauscht.«

Meine Worte sollten ein Witz sein, weil ich davon ausging, daß er die seinen so gemeint hatte; doch zum ersten Mal, soweit ich mich erinnern kann, bemerkte ich auf seinem Gesicht eine gewisse Verwirrung. Er sah mich eindringlich an und warf dann ruckartig den Kopf hoch – ähnlich wie ein Pferd, das durch einen Druck der Trense zum Stehen gebracht werden soll.

»Ach, noch davor«, erwiderte er, und das klang durchaus glaubhaft.

»Davor haben Sie zusammen mit mir Billard gespielt«, meinte Lord Mellifont.

»Dann muß es gestern gewesen sein«, sagte Vawdrey. Aber er saß in der Klemme. »Heute morgen haben Sie mir gesagt, gestern hätten Sie nichts getan«, wandte die Schauspielerin ein.

»Ich glaube, ich weiß einfach nicht, wann ich was mache.« Vawdrey schaute blicklos auf eine Schüssel, die ihm angeboten wurde, und nahm sich nichts.

»Hauptsache, *wir* wissen es.« Lord Mellifont lächelte.

»Ich glaube, Sie haben keine einzige Zeile geschrieben«, sagte Blanche Adney.

»Ich glaube, ich könnte Ihnen die Szene hersagen.« Vawdrey nahm sich von den *haricots verts*.

»O bitte – tun Sie das, tun Sie das!« riefen zwei von uns.

»Nach dem Abendessen, im Salon; es wird uns ein ganz besonderes Vergnügen sein«, erklärte Lord Mellifont.

»Ich weiß nicht recht – nun gut, ich will es versuchen«, fuhr Vawdrey fort.

»Ach, Sie sind phantastisch!« rief die Schauspielerin aus, die sich in Amerikanismen übte und sich sogar dazu herabgelassen hatte, eine amerikanische Komödie zu spielen.

»Allerdings nur unter einer Bedingung«, sagte Vawdrey. »Sie müssen Ihren Mann dazu bringen, daß er spielt, bevor der Vorhang in die Höhe geht.«

»Spielt, während Sie vorlesen! Niemals!«

»Dazu ist meine Eitelkeit viel zu groß«, sagte Adney.

Lord Mellifont verstand es, ihn auszuzeichnen: »Sie müssen die Ouvertüre spielen, ehe der Vorhang hochgeht. Das ist ein besonders köstlicher Augenblick.«

»Ich werde nicht vorlesen – einfach nur sprechen«, sagte Vawdrey.

»Warum lassen Sie mich nicht hinaufgehen und Ihr Manuskript holen?« schlug die Schauspielerin vor.

Vawdrey erwiderte, um das Manuskript gehe es nicht; doch eine Stunde später im Salon wünschten wir alle, er hätte es. Erwartungsvoll und noch ganz unter dem Einfluß von Adneys Violinspiel saßen wir da. Seine Frau, im Vordergrund auf einer Ottomane, war ganz Ungeduld und Profil, und Lord Mellifont auf dem Sessel – es war immer *der* Sessel, nämlich der von Lord Mellifont – gab unserer dankbaren kleinen Gruppe das Gefühl, als nähmen wir an einem Kongreß für Gesellschaftswissenschaften oder an einer Preisverleihung teil. Statt anzufangen, begann unser zahmer Löwe unversehens beim Brüllen gleichsam falsch zu singen – er hatte schlichtweg jedes Wort vergessen. Es tue ihm zwar außerordentlich leid, doch die Zeilen wollten ihm partout nicht wieder einfallen; er schäme sich zu Tode, aber sein Gedächtnis sei wie ein leeres Blatt. Dabei machte er keineswegs auch nur im geringsten den Eindruck, als schäme er sich – Vawdrey hatte in seinem ganzen Leben noch nie so ausgesehen, als schämte er sich; er war nur ungerührt und auf lustige Weise natürlich. Er bekannte, daß er nie geglaubt habe, sich jemals so zu blamieren; trotzdem hatten wir das Gefühl, dieses Bekenntnis wäre kein Hindernis, den Zwischenfall später einmal zu seinen lustigsten Erinnerungen zu zählen. Nur *wir* waren die Blamierten, als ob er uns mit voller Absicht einen Streich gespielt hätte. Hier bot sich für Lord Mellifont eine geradezu ideale Möglichkeit, sein Gefühl für Takt voll walten zu lassen – und so regnete dieser denn auch wie Balsam auf uns hernieder; er erklärte uns auf seine charmante, kunstsinnige Weise, wie *er* es anläßlich eines wirklich großen Augenblicks einmal fertiggebracht habe, gewisse gähnende Lücken zu überbrücken (er hatte einen *débit* – in England gebe es nichts, womit man das auch nur annähernd ausdrücken könne – wie die Schauspieler der *Comédie Française*), und zwar, als er bei einem hochwichtigen Ereignis zusammengebrochen sei, ausgerechnet, als er vor einer gewaltigen Menge eine Ansprache habe halten müssen; als er dort feststellte, seine Unterlagen vergessen zu haben, habe er auf der schrecklichen Rednertribüne, im Blickpunkt aller, vergeblich in Taschen, die gar nichts dafür konnten, nach seinen Notizen für die Rede herumgefummelt, ohne die er nicht habe auskommen können. Die Pointe seiner Geschichte freilich war feinsinniger als Vawdreys spaßige Bemerkungen; denn er deutete mit wenigen leichten Handbewegungen an, was für eine brillante Leistung er dann hingelegt habe, mit welcher er nicht nur die peinliche Situation überwunden habe, sondern sich, wie er uns zu erraten überließ, zu etwas aufschwang, von dem man damals nicht sagen konnte, es sei geeignet gewesen, dem Abbruch zu tun, was die Öffentlichkeit seinen guten Ruf zu nennen beliebte.

»Spiel – spiel!« rief Blanche Adney, stupste ihren Mann und erinnerte daran, daß ein *contretemps* auf der Bühne stets mit Musik vertuscht wird. Adney warf sich auf seine Geige, und ich sagte zu Clare Vawdrey, sein Mißgeschick lasse sich ja leicht bereinigen; er brauche ja bloß sein Manuskript herunterholen zu lassen. Wenn er so gut sein wolle, mir zu sagen, wo es liege, würde ich sofort hinaufgehen und es ihm holen. Woraufhin er erwiderte: »Mein Lieber, ich fürchte, es *gibt* gar kein Manuskript.«

»Dann haben Sie also gar nichts geschrieben?«

»Ich werde es morgen schreiben.«

»Ach, Sie halten uns zum besten«, sagte ich und wußte nicht, was ich von alledem halten sollte.

Vawdrey zögerte einen Augenblick. »Wenn etwas vorhanden ist, werden Sie es auf meinem Schreibtisch finden.«

In diesem Moment wandte sich jemand anderer an ihn, und Lady Mellifont bemerkte vernehmlich, gleichsam, als wollte sie uns unserer mangelnden Rücksichtnahme wegen sanft rügen, Mr. Adney spiele etwas ausgesprochen Hübsches. Mir war schon vorher aufgefallen, daß sie Musik außerordentlich zugetan schien; immer wenn sie jemandem beim Vorspielen zuhörte, schien sie stumm-verzückt dazusitzen. Vawdreys Aufmerksamkeit wurde abgelenkt, doch fand ich nicht, daß die Worte, die er gerade hatte fallenlassen, eine regelrechte Erlaubnis darstellten, in sein Zimmer hinaufzugehen. Außerdem wollte ich Blanche Adney etwas sagen; ich mußte sie etwas fragen. Um das zu bewerkstelligen, mußte ich freilich eine günstige Gelegenheit abwarten, denn ihres Mannes wegen bewahrten wir eine Zeitlang Schweigen, wonach dann eine allgemeine Unterhaltung einsetzte. Zwar waren wir es gewohnt, früh zu Bett zu gehen, doch war der Abend noch nicht ganz vorüber. Ehe er ganz um war, fand ich eine Gelegenheit, der Schauspielerin zu berichten, der Schriftsteller Vawdrey habe mir gestattet, mir das Manuskript zu holen. Bei allem, was mir heilig sei, beschwor sie mich, es auf der Stelle herbeizuschaffen und es ihr zu geben; und da die Hartnäckigkeit, mit der sie darauf bestand, mir bewies, daß ich mit meinem Einwand, es sei für ihn zu spät, um noch vorzulesen, unrecht hatte; außerdem war der Zauber gebrochen – den anderen würde es gleichgültig sein. Für *sie* war es noch nicht zu spät anzufangen; deshalb solle ich mich jetzt unverzüglich der kostbaren Seiten bemächtigen.

Ich erklärte ihr, ich würde ihren Wunsch zwar gleich erfüllen, doch zunächst einmal solle sie meine Neugier befriedigen und mir sagen, was vor dem Abendessen eigentlich geschehen sei, als sie mit Lord Mellifont in den Bergen gewesen sei.

»Woher wollen Sie wissen, *daß* etwas geschehen ist?«

»Ich habe Ihnen das angesehen, als Sie zurückkamen.«

»Und da behauptet man, ich sei *Schauspielerin*!« rief Mrs. Adney.
»Und als was bezeichnet man mich?« fragte ich.
»Sie sind ein Erforscher der Herzen – jemand, der heimlich auf der Lauer liegt.«
»Ich wünschte, Sie würden einem solchen Beobachter gestatten, ein Stück für Sie zu schreiben.«
»Die Leute interessieren sich aber nicht für das, was Sie schreiben; Sie würden auf der Jagd nach dem Glück nur Schiffbruch erleiden.«
»Nun, ich sehe jedenfalls Stücke, wohin ich auch blicke«, erklärte ich. »Die Luft heute abend ist voll davon.«
»Die Luft? Vielen Dank für nichts. Ich wünschte nur, meine Schreibtischschubladen wären es.«
»Hat er Sie auf dem Gletscher geliebt?« fragte ich.
Sie starrte mich an; dann brach sie in ihr ekstatisch-perlendes Lachen aus. »Lord Mellifont, der Ärmste? Was für ein komischer Ort! Das wäre wirklich der richtige Ort für *unsere* Liebe!«
»Ist er in eine Spalte gefallen?« fuhr ich fort.
Blanche Adney sah mich genauso an, wie sie es vor wenigen Augenblicken getan hatte, als sie, die Hände voller Blumen, vorm Essen heraufgekommen war.
»Keine Ahnung, in was er gefallen ist. Ich werde es Ihnen morgen sagen.«
»Dann ist er also runtergekommen?«
»Vielleicht ist er raufgegangen.« Sie lachte. »Es ist wirklich merkwürdig.«

»Um so mehr ein Grund, es mir heute abend zu erzählen.«
»Ich muß erst darüber nachdenken; ich muß dahinterkommen.«
»Ach, wenn Sie gern Rätsel raten – hier ist noch eines für Sie«, sagte ich. »Was ist mit dem großen Meister los?«
»Was für einem Meister?«
»Dem großen Meister jeder Form von Verstellung! Vawdrey hat keine Zeile geschrieben!«
»Gehen Sie, holen Sie seine Papiere, und wir werden wissen, was ist.«
»Ich möchte ihn aber nicht bloßstellen«, sagte ich.
»Warum nicht – wenn ich Lord Mellifont bloßstelle?«
»Ach, dafür würde ich alles tun«, gab ich zu. »Aber warum sollte Vawdrey etwas Falsches behauptet haben? Ich finde das schon sehr sonderbar. Wirklich!«
»Ja, es ist sehr sonderbar«, wiederholte Blanche Adney mit einem sinnenden Ausdruck auf dem Gesicht und den Blick auf Lord Mellifont gerichtet. Dann, als sie sich erhob, fügte sie noch hinzu: »Gehen Sie und sehen Sie in seinem Zimmer nach.«
»In Lord Mellifonts?«
Rasch drehte sie sich zu mir um. »*Das* wäre eine Möglichkeit.«
»Eine Möglichkeit, um was zu tun?«
»Es herauszufinden – es herauszufinden!« Das kam lustig und aufgeregt, doch unvermittelt hielt sie inne. »Wir reden Unsinn«, sagte sie.

»Wir bringen die Dinge durcheinander, aber trotzdem hat mir Ihre Idee gefallen. Bringen Sie Lady Mellifont dazu, daß sie es Ihnen erlaubt.«

»Ach, sie hat doch schon nachgesehen!« murmelte Mrs. Adney mit einem außerordentlich eigentümlichen dramatischen Ausdruck. Dann, nach einer Bewegung ihrer schönen, erhobenen Hand, als gälte es, eine phantastische Vision zu verscheuchen, rief sie gebieterisch: »Bringen Sie mir die Szene – bringen Sie mir die Szene!«

»Ich hole sie«, antwortete ich, »aber sagen Sie nicht noch einmal, ich könnte keine Stücke schreiben.«

Sie ließ mich stehen, doch wurde ich in der Ausführung meines Auftrags behindert durch das Auftauchen einer Dame, die ein Büchlein mit den Geburtstagen angelegt hatte – man hatte uns damit ein paar Abende hindurch belästigt – und mir die Ehre antat, mich um meine Unterschrift zu bitten. Da sie alle anderen auch gebeten hatte, konnte sie mich unmöglich auslassen. Für gewöhnlich weiß ich zwar durchaus, wie ich heiße, doch dauert es immer eine Weile, bis ich mich an mein Geburtsdatum erinnere; und selbst wenn es mir dann einfällt, bin ich mir nie ganz sicher. So schwankte ich zwischen zwei Tagen, und ich sagte zu der Dame, wenn sie nichts dagegen habe, würde ich gern an beiden unterschreiben. Daraufhin meinte sie, ich sei doch gewiß nur einmal geboren; woraufhin ich ihr erklärte, selbstverständlich sei ich ein zweites Mal geboren worden an dem Tag, da ich ihre Bekanntschaft gemacht hätte. Diesen schwachen Geistesblitz erwähne ich nur, um zu beweisen, daß das Ganze – das obligate Betrachten der anderen Unterschriften inbegriffen – schon ein paar Minuten dauerte. Die Dame entfernte sich mit ihrem Büchlein; da erst wurde mir bewußt, daß die Gesellschaft sich aufgelöst hatte. Ich war allein in dem kleinen Salon, den man uns für unsere Zwecke zur Verfügung gestellt hatte. Meine erste Regung war Enttäuschung; wenn Vawdrey bereits zu Bett gegangen war, wollte ich ihn nicht stören. Doch als ich zögernd dastand, merkte ich plötzlich, daß Vawdrey nicht schlafen gegangen war. Ein Fenster stand offen, und der Klang von Stimmen drang zu mir herein: Blanche unterhielt sich mit ihrem Dramatiker auf der Terrasse; die beiden unterhielten sich über die Sterne. Ich trat ans Fenster, um einen Blick hinauszuwerfen – der gestirnte Alpenhimmel war eine Pracht. Meine Freunde waren zusammen hinausgegangen; die Schauspielerin hatte einen Mantel umgeworfen; sie sah genauso aus, wie ich sie zwischen den Kulissen des Theaters hatte stehen sehen. Eine Weile verfielen sie in Schweigen, dann drang das Rauschen eines Wildbachs in der Nachbarschaft an mein Ohr. Ich wandte mich wieder dem Zimmer zu, und in seinem stillen Lampenlicht kam mir ein Gedanke. Unsere Gefährten waren auseinandergegangen – für ländliche Verhältnisse war es bereits spät –, und so würden wir drei das ganze Haus für uns allein haben.

Clare Vawdrey hatte seine Szene geschrieben – sie war großartig; und wenn er sie uns hier und zu dieser Stunde vorlas – das würde keiner von uns je vergessen. Ich würde sein Manuskript holen und den beiden damit entgegentreten, wenn sie wieder hereinkamen.
Mit diesem Vorsatz verließ ich den Salon. Ich war bereits einmal in Vawdreys Zimmer gewesen und wußte, daß es im zweiten Stock lag, die letzte an einem langen Korridor gelegene Tür. Eine Minute später lag meine Hand auf der Klinke; ich machte selbstverständlich auf, ohne vorher anzuklopfen. Genauso natürlich erschien es mir, daß das Zimmer in der Abwesenheit seines Bewohners im Dunkeln lag; und das um so mehr, als das Ende des Korridors um diese Stunde nicht erleuchtet war und die Dunkelheit sich nicht sofort aufhellte, als ich die Tür aufmachte. Ich war mir zu Anfang nur bewußt, daß ich mich nicht geirrt hatte und daß die Fenstervorhänge nicht zugezogen waren, ich daher einer Reihe von sternenerhellten Vierecken gegenüberstand. Dieses schwache Licht reichte jedoch nicht aus, mich in die Lage zu versetzen, das zu suchen, was zu finden ich gekommen war, und so hatte ich die Finger bereits um die Streichhölzer in der Tasche geschlossen, die ich immer bei mir trage, um mir meine Zigaretten anzünden zu können. Plötzlich fuhr ich zusammen, zog die Hand erschrocken heraus und stieß einen leisen Ruf der Entschuldigung hervor. Ich war in das falsche

Zimmer geraten; ein Blick von etwa drei Sekunden zeigte mir, daß an einem Tisch in der Nähe des Fensters eine Gestalt saß – eine Gestalt, die ich zuerst für ein über einen Stuhl geworfenes Reiseplaid gehalten hatte. Mit dem Gefühl, ein Eindringling zu sein, zog ich mich zurück; doch während ich das tat, ging mir – schneller, als ich es auszudrücken vermag – zunächst auf, daß ich mich *doch* in Vawdreys Zimmer befand, und sodann – einzigartige Empfindung –, daß es Vawdrey selber war, der dort vor mir saß. Als ich auf der Schwelle innehielt, befiel mich ein momentanes Gefühl der Verblüffung, doch noch ehe ich mir dessen recht bewußt wurde, hatte ich schon ausgerufen: »Hallo, sind Sie das, Vawdrey?«
Er wandte weder den Kopf, noch antwortete er mir, doch fand meine Frage sogleich tatsächlich eine Antwort, denn auf der anderen Seite des Korridors wurde eine Tür aufgemacht. Ein Diener war mit einer Kerze in der Hand aus dem gegenüberliegenden Zimmer herausgetreten, und in dieser vorüberhuschenden Beleuchtung erkannte ich endgültig den Mann, von dem ich vor wenigen Minuten noch angenommen hatte, daß ich ihn, soweit ich wußte, unten im Gespräch mit Mrs. Adney zurückgelassen hatte. Er kehrte mir halb den Rücken zu und neigte sich in Schreibhaltung über die Tischplatte, doch war ich mir bewußt, daß ich, was seine Identität betrifft, keineswegs in einem Irrtum befangen war.
»Ich bitte um Verzeihung – ich dachte, Sie wären un-

ten«, sagte ich, und da die Gestalt durch nichts erkennen ließ, mich gehört zu haben, fügte ich noch hinzu: »Wenn Sie zu tun haben, möchte ich Sie nicht stören.« Damit ging ich rückwärts hinaus und schloß die Tür – ich nehme an, daß ich weniger als eine Minute im Zimmer gewesen war. Irgendwie hatte ich das Gefühl, etwas höchst Unwirkliches zu erleben, und dieses Gefühl wurde im nächsten Augenblick noch verstärkt. Die Hand immer noch auf der Türklinke, stand ich da; was mich durchdrang, war die merkwürdigste Empfindung, die ich je in meinem Leben gehabt hatte. Vawdrey saß an seinem Schreibtisch und schrieb, für ihn eine höchst angemessene und natürliche Beschäftigung; aber warum schrieb er im Dunkeln und warum hatte er mir nicht geantwortet? Ein paar Sekunden lauschte ich auf irgendeinen Laut, der von einer Bewegung verursacht sein könnte, um zu sehen, ob er aus seiner Versenkung zurückkehren würde – denn in etwas versenkt zu sein, stand einem großen Schriftsteller gut an – und ausrief: »Ach, mein Lieber, sind Sie es?« Ich vernahm jedoch nichts weiter als die Stille, spürte nur das sternenerhellte Dämmer im Zimmer samt der unerwarteten Gegenwart, die sie umschloß. Langsam wandte ich mich ab, kehrte nach unten zurück und kam völlig verwirrt dort an. Die Lampe im Salon brannte immer noch, doch der Raum selbst war leer. Ich ging zum Haupteingang des Gasthofs und trat ins Freie hinaus. Auch die Terrasse war leer. Blanche Adney und der Herr, der bei ihr gewesen war, waren anscheinend hineingegangen. Etwa fünf Minuten hing ich noch herum, dann ging ich zu Bett. Ich schlief schlecht, denn ich war aufgeregt. Als ich noch einmal über diese sonderbaren Ereignisse nachdachte (und man wird bald sehen, daß sie in der Tat sonderbar waren), sah ich mich selbst vielleicht erregter, als ich es in Wirklichkeit war; denn Dinge, die ganz kraß aus der Norm herausfallen, sind zuerst längst nicht so groß wie später, wenn wir lange über sie nachgedacht haben. Es dauert seine Zeit, bis alle Erklärungen erschöpft sind. Ich war von unbestimmter Nervosität erfüllt, denn ich war in höchstem Maße erschrocken; doch gab es nichts, was sich nicht durch eine Frage an Blanche Adney aufklären ließ; gleich am Morgen würde ich sie danach fragen, wer denn auf der Terrasse bei ihr gewesen sei. Merkwürdigerweise hatte ich, als der Morgen graute – und er graute bewunderungswürdig schön herauf –, weniger das Bedürfnis, meine Neugier in dieser Hinsicht zu befriedigen, als vielmehr den Schatten meiner Verwirrung abzuschütteln. Ich erkannte, daß der Tag herrlich zu werden versprach, und so wandelte mich die Lust an, ihn genauso, wie ich es oft in meiner Jugend getan, mit einer einsamen Bergwanderung zu verbringen. Folglich zog ich mich früh an, trank nur einen Kaffee zum Frühstück, steckte eine große Semmel in die Tasche und eine kleine Flasche in die andere und machte mich mit einem kräftigen Stecken in der Hand auf den Weg in die Höhe. Das, was ich eigentlich berichten möchte, hat mit den schönen Stunden, die ich dort oben verbrachte, im Grunde nichts zu tun – das waren Stunden, die man nie wieder vergißt. Wenn ich die eine Hälfte der Zeit über Hänge und Bergflanken dahinwanderte, so lag ich die andere Hälfte auf grasigen Matten, hatte die Mütze über die Augen gezogen (um durch einen kleinen Spalt in die Endlosigkeit des Himmels hineinzublicken), horchte in der strahlenden Stille auf das Gesumm der Bergbienen und fand, daß die meisten Dinge versanken und klein wurden. Clare Vawdrey wurde klein, Blanche Adney löste sich in Nebel auf, Lord Mellifont wurde alt, und ehe der Tag vorüber war, hatte ich vergessen, daß ich jemals irritiert gewesen war. Als ich am späten Nachmittag den Rückweg zum Gasthaus antrat, wollte ich nichts sehnlicher als herausfinden, ob nicht das Abendessen schon fertig sei. An diesem Abend kleidete ich mich durchaus um, und als ich wieder vorzeigbar war, saßen alle bereits bei Tisch.

Als ich Platz genommen hatte, stellte sich mein kleines Problem wieder ein; ich war neugierig, ob Vawdrey mich nicht zumindest ein bißchen sonderbar ansehen würde. Der jedoch würdigte mich keines Blicks; was mir die Möglichkeit gab, mich sowohl in Geduld zu fassen, als mich auch zu fragen, warum ich eigentlich zögerte, ihn über den Tisch hinweg einfach zu fragen. Ich zögerte jedoch in der Tat, und als ich mir dessen bewußt wurde, stellte sich auch ein wenig wieder jene Erregung ein, die ich im Laufe des Tages hinter und unter mir gelassen hatte. Allerdings schämte ich mich meiner Hemmungen nicht; was mich bewegte, war nur so etwas wie Besonnenheit. Irgendwie spürte ich, daß eine Frage in aller Öffentlichkeit unfair gewesen wäre. Gewiß, da war Lord Mellifont, der mit all seinen vollendeten Manieren gewiß sämtliche Folgen gemildert hätte; doch glaube ich, war ich mir irgendwie klar darüber, daß seine Lordschaft mit ausgerechnet diesen Elementen nicht recht vertraut war. Kaum, daß wir uns erhoben, näherte ich mich deshalb Mrs. Adney und fragte sie, ob sie an diesem bezaubernden Abend nicht einen kleinen Spaziergang mit mir machen wolle.

»Sie sind heute doch stundenlang unterwegs gewesen; sollten Sie sich nicht lieber ausruhen?« erwiderte sie.

»Ich würde noch weitere hundert Meilen marschieren, um Sie zu bewegen, mir eine bestimmte Sache zu erzählen.«

Einen Moment sah sie mich an, und zwar mit jenem sonderbaren Ausdruck, den ich in Clare Vawdreys Augen gesucht, aber nicht gefunden hatte. »Meinen Sie, was aus Lord Mellifont geworden ist?«

»Aus Lord Mellifont?« Da ich mir über etwas ganz anderes den Kopf zerbrach, wußte ich nicht sogleich, was sie meinte.

»Wo bleibt denn Ihr Gedächtnis, Sie Schussel? Wir haben doch erst gestern abend darüber geredet.«

»Ach ja«, rief ich, als es mir wieder einfiel, »wir haben ja soviel, worüber wir reden müssen.« Ich zog sie auf die Terrasse hinaus, und wir waren noch keine drei Schritte gegangen, da fragte ich sie bereits: »Wer war gestern abend hier mit Ihnen zusammen auf der Terrasse?«

»Gestern abend?« wiederholte sie, genauso weit von diesem entfernt, wie zuvor ich es von dem anderen gewesen war.

»Um zehn – kurz, nachdem unsere Gesellschaft auseinandergegangen war. Sie gingen mit einem Herrn hier heraus; Sie unterhielten sich über die Sterne.«

Sie starrte mich einen Moment an und bedachte mich dann mit ihrem Lachen. »Sind Sie eifersüchtig auf den armen Vawdrey?«

»Dann war er es also?«

»Selbstverständlich war er es.«

»Und wie lange blieb er?«

»Es hat Sie aber schlimm gepackt! Er blieb etwa eine Viertelstunde – vielleicht sogar etwas länger. Wir sind ein ganzes Stück gegangen; er redete von seinem Stück. Das ist alles, das war der einzige Zauber, den ich ausgeübt habe.«

»Und was tat Vawdrey hinterher?«

»Ich habe nicht die geringste Ahnung. Ich habe ihn allein gelassen und bin zu Bett gegangen.«

»Um welche Zeit sind Sie zu Bett gegangen?«

»Wann denn *Sie*? Ich weiß zufällig, daß ich mich um fünf vor halb elf von Mr. Vawdrey verabschiedet habe«, sagte Mrs. Adney. »Ich bin nämlich noch einmal zurück in den Salon, um ein Buch mitzunehmen, und da habe ich einen Blick auf die Uhr geworfen.«

»Mit anderen Worten haben Sie und Vawdrey sich eindeutig von fünf nach zehn bis zu der von Ihnen genannten Uhrzeit hier aufgehalten?«

»Ich weiß nicht, wie eindeutig wir waren, aber auf jeden Fall waren wir sehr ausgelassen. *Où voulez-vous en venir*?« fragte Blanche Adney.

»Einfach auf folgendes, meine Teuerste: daß Ihr Begleiter zu dem von Ihnen angegebenen Zeitpunkt, da er auf die von Ihnen angegebene Weise beschäftigt war, gleichzeitig dabei war, oben in seinem Zimmer etwas Literarisches zu schreiben.«

Bei diesen Worten blieb sie stehen, und ihre Augen bekamen im Dunkeln etwas Ausdrucksvolles. Sie wollte wissen, ob ich etwa an der Wahrheit ihrer Angaben zweifele; woraufhin ich ihr entgegnete, im Gegenteil, ich bestätigte sie – denn dadurch werde der Fall erst so interessant. Dem hielt sie entgegen, das würde erst dann der Fall sein, wenn sie das gleiche auch in bezug auf meine Wahrhaftigkeit sagen könne; doch das zu tun, konnte ich sie mühelos bewegen, nachdem ich ihr umständlich meine Suche des Manuskripts dargelegt hatte – jenes Manuskripts, welches ihr zu jenem Zeitpunkt aus einem Grunde, den ich jetzt begreifen konnte, ganz und gar aus dem Sinn gekommen war.

»Das habe ich bei dem, was er erzählte, völlig vergessen – ich hatte sogar vergessen, daß ich Sie danach geschickt hatte. Er entschädigte mich für sein Fiasko im Salon: er sprach mir die Szene vor«, sagte meine Gefährtin. Sie war, um mir zuzuhören, auf eine Bank gesunken, und während wir da saßen, nahm sie mich kurz ins Kreuzverhör. Dann brach sie in ein herzerfrischendes Lachen aus: »Ach, wie exzentrisch doch so ein Genie ist!«

»Ja, in der Tat! Sie scheinen noch unfaßlicher zu sein, als man ohnehin annimmt.«

»Ach, die Mysterien der Größe!«

»Man sollte alles über sie wissen, doch sie warten immer wieder mit neuen Überraschungen auf.«

»Sind Sie absolut sicher, daß es wirklich Mr. Vawdrey war?« fragte meine Gefährtin.

»Wenn er es nicht gewesen ist – wer, um alles auf der Welt, dann? Wenn ein Fremder, der genauso aussah wie er, um diese späte Abendstunde *im Dunkeln* an seinem Schreibtisch gesessen haben soll« – davon ließ ich mich nicht abbringen –, »würde das praktisch genauso ans Wunderbare grenzen wie das, was ich behaupte.«

»Ja, warum im Dunkeln?« sann Mrs. Adney.

»Katzen können im Dunkeln sehen«, sagte ich.

Zaghaft lächelte sie mich an. »Sah es wie eine Katze aus?«

»Nein, meine Teuerste, aber ich will Ihnen sagen, wie es aussah – es sah wie der Verfasser von Vawdreys bewunderungswürdigen Werken aus. Es sah unendlich viel mehr danach aus als unser Freund selbst«, erklärte ich.

»Meinen Sie, es war jemand, den er hat, um sie für ihn zu schreiben?«

»Jawohl – während er draußen ist und Sie enttäuscht.«

»Mich enttäuscht?« murmelte Mrs. Adney ohne Arg.

»*Mich* enttäuscht. – Jeden enttäuscht, der in ihm nach dem Genie sucht, welches die von ihnen so heißgeliebten und hochverehrten Seiten geschaffen hat. Wo ist dieses Genie in seiner Unterhaltung zu finden?«

»Ach, gestern abend war er fabelhaft«, sagte die Schauspielerin.

»Er ist immer so fabelhaft wie Ihr morgendliches Bad oder ein Beefsteak oder die Bahnverbindung nach Brighton. Aber sicherlich nie außergewöhnlich!«

»Ich verstehe, was Sie meinen.«

Ich hätte sie umarmen können – und tat es vielleicht auch. »Deshalb ist es ja ein solches Vergnügen, sich mit Ihnen zu unterhalten. Ich habe mir oft den Kopf darüber zerbrochen – jetzt weiß ich es. Es gibt zwei!«

»Was für eine entzückende Idee!«

»Der eine geht aus, der andere bleibt daheim. Der eine ist ein Genie, der andere ein Bourgeois, und nur der Bourgeois ist es, den wir persönlich kennen. Der macht Konversation, kommt herum, ist schrecklich beliebt, flirtet mit Ihnen ...«

»Während *Sie* in den Genuß des Vorrechts kommen,

das Genie zu erblicken«, fiel Mrs. Adney mir ins Wort. »Vielen Dank für den feinen Unterschied.«
Ich legte ihr die Hand auf den Arm. »Sehen Sie sich ihn doch selbst an! Versuchen Sie es, stellen Sie es auf die Probe, gehen Sie in sein Zimmer!«
»In sein Zimmer gehen? Das wäre unschicklich!« erklärte sie in ihrem besten Komödiantinnenton.
»Bei einer solchen Nachforschung ist alles erlaubt. Wenn Sie ihn sehen, ist damit alles geklärt.«
»Wie bezaubernd – es klären!« Sie dachte einen Moment nach, dann sprang sie plötzlich auf. »Sie meinen, *jetzt*?«
»Wann immer es Ihnen beliebt.«
»Aber angenommen, ich finde den falschen?« sagte Blanche Adney, und das wirkte wunderbar.
»Den falschen? Wen nennen Sie dann den richtigen?«
»Für eine Dame den falschen zum Aussuchen. Angenommen, ich würde nicht – das Genie finden?«
»Ach, um den anderen kümmere ich mich«, erwiderte ich. Dann – ich hatte mich zufällig umgeblickt – fügte ich noch hinzu: »Passen Sie auf – da kommt Lord Mellifont.«
»Ich wünschte, Sie würden sich um *den* kümmern«, murmelte meine Gesprächspartnerin.
»Was ist denn los mit ihm?«
»Das wollte ich Ihnen ja gerade erzählen.«
»Erzählen Sie! Er kommt doch nicht.«
Blanche Adney schaute einen Moment hinüber. Lord

Mellifont, der offenbar aus dem Gasthaus herausgetreten war, um gedankenvoll eine Zigarre zu rauchen, blieb in einiger Entfernung von uns stehen und genoß die Wunder des Ausblicks, die selbst im Abenddämmer noch zu erkennen waren. Wir schlenderten langsam in einer anderen Richtung davon, und zuletzt sagte sie: »Meine Idee ist fast genauso komisch wie Ihre.«
»Ich würde meine nicht komisch nennen – sie ist wunderschön.«
»Nichts ist so wunderschön wie das Komische«, erklärte Mrs. Adney.
»Sie sehen das mit den Augen einer Schauspielerin. Trotzdem: ich bin ganz Ohr.« Meine Neugier war in der Tat wieder wach geworden.
»Nun denn, mein lieber Freund: wenn es Clare Vawdrey zweimal gibt (und ich muß sagen, in seinem Falle stimmt es: je mehr von ihm, desto besser), so hat seine Lordschaft sich eher über das Gegenteil zu beklagen: er ist nicht einmal ganz.«
Wir blieben gleichzeitig stehen.
»Ich verstehe nicht.«
»Glauben Sie, etwa ich? Nur gefällt mir nun mal die Vorstellung, daß, wenn es Mr. Vawdrey zweimal gibt, es Lord Mellifont alles in allem nicht mal *einmal* gibt.«
Ich dachte einen Augenblick nach, dann lachte ich.
»Ich glaube, ich verstehe, was Sie meinen.«
»Und das ist es, was es zu einem solchen Vergnügen

macht, mit *Ihnen* zusammenzusein. Haben Sie ihn jemals allein gesehen?«
Ich versuchte, mich zu erinnern. »Oh ja; er hat mich einmal besucht.«
»Ah, dann war er also doch nicht allein.«
»Und ich habe ihn meinerseits besucht – in seinem Arbeitszimmer.«
»Hat er gewußt, daß Sie da waren?«
»Selbstverständlich. Man hatte mich ja gemeldet.«
Wie eine bezaubernde Verschwörerin sah Blanche Adney mich von der Seite an. »Sie sollten sich nicht melden lassen.« Damit ging sie weiter.
Atemlos kam ich hinter ihr her. »Meinen Sie, man müßte ihn überraschen, ohne daß er davon weiß?«
»Es müßte unverhofft geschehen. Sie müßten in sein Zimmer gehen – das ist es, was Sie tun sollten.«
Angesichts der Aussichten, die sich aus unserem kleinen Geheimnis ergaben, pochte mir das Herz; gleichzeitig aber – was wohl verzeihlich ist – war ich auch ein wenig durcheinander. »Wenn ich weiß, daß er nicht da ist.«
»Wenn Sie wissen, daß er es ist.«
»Und was werde ich zu sehen bekommen?«
»Sie werden nichts zu sehen bekommen!« rief Mrs. Adney, als wir wieder umkehrten.
Wir hatten das Ende der Terrasse erreicht, und als wir kehrtgemacht hatten, standen wir Auge in Auge Lord Mellifont gegenüber, der inzwischen weitergegangen war und uns, ohne taktlos zu sein, eingeholt hatte.

Ihn in diesem Augenblick zu sehen, war aufschlußreich; man sah unversehens eine alte Tradition, die sich mit dem allgemeinen Eindruck verband, den man sich von seiner Persönlichkeit machte. Wie er dastand, uns anlächelte und uns in der durchsichtigen Nacht zuwinkte (er präsentierte das Panorama wie einen Kandidaten für ein öffentliches Amt, »unterstützte« nichts Geringeres als die Alpen), und wie er im feinen Duft seiner Zigarre und aller anderen Feinheiten und Wohlgerüche vor uns aufragte und auf seinem schönen Haupt irgendwie mehr Vollkommenheiten aufgehäuft schienen, als man dort je zuvor erblickt hatte, erschien er mir seinem ganzen Wesen nach durch und durch und unübersehbar als eine Persönlichkeit des öffentlichen Lebens, so daß ich blitzhaft die Antwort auf Blanche Adneys Rätsel in ihm las. Er war durch und durch öffentliches Leben und besaß keinerlei entsprechendes Privatleben, genauso wie Clare Vawdrey ausschließlich Privatleben war und kein entsprechendes öffentliches Leben besaß. Ich hatte die Geschichte meiner Freundin bis jetzt nur halb gehört, doch als wir uns zu Lord Mellifont gesellten (er war uns gefolgt, er mochte Mrs. Adney; doch nahm man von ihm immer an, daß er Gesellschaft eher akzeptierte, als daß er sie gesucht hätte) und eine halbe Stunde lang des großzügig ausgestreuten Reichtums seiner Konversation teilhaftig wurden, spürte ich mit einer diebischen Freude, für die ich mich nicht schämte, daß wir ihm gleichsam auf die Schliche gekommen waren. Mich belustigte dieser Blick hinter den Vorhang, welchen die Schauspielerin mir unversehens gewährt hatte, noch mehr als meine eigene Entdeckung; und wenn ich mich genausowenig schämte, dieses ihr Geheimnis mit ihr zu teilen wie zuvor das meinige mit ihr geteilt zu haben (wenn auch meines von den beiden Geheimnissen das, was die Persönlichkeit betrifft, um die es dabei ging, großartigere war), so deshalb, weil mein Gewinn dabei nicht auf irgendwelcher Herzlosigkeit beruhte, sondern im Gegenteil auf außerordentlichem Zartgefühl und echtem Verständnis. Oh, bei mir war er sicher, ja, ich kam mir darüber hinaus sogar reich und erleuchtet vor, als ob ich plötzlich das Universum in die Tasche gesteckt hätte. Ich hatte gelernt, was ein glanzvoller Anschein hier und jetzt bedeuten konnte. Zweifellos wäre es zuviel gesagt gewesen, wenn ich behauptete, etwas Ähnliches hätte ich bei seiner Lordschaft stets vermutet; zumindest ist jedoch unbestreitbar (wenn das auch herablassend klingt), daß ich mir, was meine Nachsicht ihm gegenüber betrifft, immer einer gewissen Zurückhaltung bewußt gewesen war. Insgeheim hatte ich ihn wegen seines vollendeten Auftretens immer bemitleidet, hatte mich gefragt, was für ein leeres Gesicht eine solche Maske wohl verdecken sollte, was eigentlich von ihm blieb in jenen unerbittlichen Stunden, da der Mann mit sich oder – noch ernsthafter – mit jenem gesteigerten Selbst, seiner angetrauten Frau, allein war. Wie war er zu Hause, und was trieb er, wenn er allein war? Da war etwas an Lady Mellifont, was diese Nachforschungen sinnvoll erscheinen ließ – etwas, was vermuten ließ, daß er selbst ihr gegenüber immer noch die Persönlichkeit des öffentlichen Lebens war und sie von ähnlichen Fragen geplagt wurde. Sie war mit ihnen nie ins reine gekommen; wir – Blanche Adney und ich – mehr als sie; nur würden wir es ihr um alles in der Welt nicht sagen, und aller Wahrscheinlichkeit nach würde sie uns auch nicht dafür danken, wenn wir es täten. Sie zog die relative Grandeur der Ungewißheit vor. Sie war mit ihm nicht vertraut, folglich konnte sie es nicht sagen; und zusammen mit ihr war er nicht allein, folglich konnte er es ihr nicht zeigen. Er repräsentierte seiner Frau gegenüber den Helden und war es für seine Diener; worauf man nun bei ihm hinauswollte, war zu erfahren, was wirklich aus ihm wurde, wenn kein Auge ihn sehen konnte. Offenbar ruhte er; doch welche Form der Ruhe vermochte eine solche Fülle der Gegenwärtigkeit wiederherzustellen? Lady Mellifont war zu stolz, um ihm heimlich auf die Schliche kommen zu wollen, und da sie niemals durchs Schlüsselloch gespäht hatte, hatte sie zwar ihre Würde bewahrt, ihre Neugierde jedoch war ungestillt geblieben.

Vielleicht habe ich mir nur eingebildet, daß Blanche Adney unseren Gefährten herauslockte, vielleicht war es aber auch nur so, daß die Ironie unserer Beziehung zu ihm mich in einem solchen Augenblick nicht instand setzte, ihn in aller Deutlichkeit vor mir zu sehen; auf jeden Fall war er mir nie als in krasserem Gegensatz zu dem erschienen, was er gewesen wäre, hätten wir ihm nicht ein Spiegelbild seines Image geboten. Zwar waren wir nur zu zweit, und doch war er nie mehr »Öffentlichkeit« gewesen. Seine vollendeten Manieren waren nie vollendeter gewesen, sein bemerkenswerter Takt nie bemerkenswerter. Ich hatte das unausgesprochene Gefühl, all das müßte in den Morgenzeitungen stehen, in einem Leitartikel; gleichzeitig war ich aber insgeheim auch von dem belustigenden Gefühl durchdrungen, etwas zu wissen, was nie sein würde und nie sein konnte, obgleich jede etwas mutigere Zeitung ein Vermögen dafür geboten hätte. Freilich muß ich hinzufügen, daß ich, selbst wenn ich es genoß – das Ganze war sehr sinnlich, gleichsam wie ein Gericht, das einem auf einem Teller serviert wird –, ich dennoch darauf brannte, wieder mit Mrs. Adney allein zu sein, die mir eine Geschichte schuldig war. Das erwies sich an diesem Abend als unmöglich, denn einige von den anderen waren herausgekommen, um zu sehen, was uns denn so fesselte; und dann erbat Lord Mellifont von unserem Violinspieler ein wenig Musik, der sein Instrument hervorholte und uns auf unserer Echo-Plattform und Aug und in Auge mit den Geistern der Berge göttlich vorspielte. Noch ehe das Konzert vorüber war, vermißte ich unsere Schauspielerin, und als ich ins Salonfenster hineinspähte, sah ich sie mit

Vawdrey befaßt, der dabei war, ihr aus einem Manuskript vorzulesen. Offenbar war die große Szene doch fertiggestellt worden, und anscheinend stellte sie sich in dem neuen Licht, in dem Blanche den Autor sehen konnte, nur um so interessanter dar. Ich hielt es für angebracht, sie nicht zu stören, und ging zu Bett, ohne sie noch einmal gesprochen zu haben. Am nächsten Morgen hielt ich schon früh nach ihr Ausschau, und da der Tag schön zu werden versprach, schlug ich ihr vor, einen Spaziergang in die Berge zu machen; dabei erinnerte ich sie an das heilige Versprechen, das sie mir gegeben habe. Sie erkannte diese Verpflichtung an und schenkte mir die Freude ihrer Begleitung; doch wir waren noch keine zehn Schritt den Paß hinaufgegangen, da entfuhr es ihr mit nicht geringem Ungestüm: »Mein lieber Freund, Sie haben ja keine Ahnung, wie mich das beschäftigt. Ich kann an überhaupt nichts anderes mehr denken.«

»Als an Ihre Theorie in bezug auf Lord Mellifont?«

»Ach, was soll Lord Mellifont! Ich spreche von *Ihrer* über Mr. Vawdrey, der die bei weitem interessantere Persönlichkeit von den beiden ist. Mich fasziniert die Vorstellung von seinem – wie würden Sie es nennen?«

»Seiner auswechselbaren Identität?«

»Seinem anderen Ich; das spricht sich leichter.«

»Dann schließen Sie sich der Theorie an, oder?«

»Mich ihr anschließen? Ich schwelge geradezu darin! Gestern abend ist sie mir außerordentlich lebhaft vor Augen geführt worden.«

»Während er Ihnen dort vorlas?«
»Jawohl, als ich ihm zuhörte, ihn beobachtete. Das machte alles soviel einfacher, erklärte alles.«
»Das ist ja wirklich das Schöne daran. Ist die Szene sehr gut geworden?«
»Großartig. Und er liest so wunderschön vor!«
»Fast genauso schön, wie der andere schreibt!« Ich lachte. Das veranlaßte meine Gefährtin, einen Moment innezuhalten und mir die Hand auf den Arm zu legen. »Sie fassen den Eindruck, den ich hatte, genau in Worte. Ich hatte das Gefühl, als läse er mir das Werk eines anderen vor.«
»Welch ein Dienst, den man einem anderen leistet!«
»Einem so ganz anderen Menschen!« erklärte Mrs. Adney. Während wir weitergingen, unterhielten wir uns über diesen Unterschied, welchen Reichtum er darstellte, was für einen Lebensquell, diese Verdoppelung eines Menschen.
»Damit sollte er doppelt so lange leben wie andere Menschen«, bemerkte ich.
»Wer von den beiden denn?«
»Nun ja, beide; denn schließlich sind sie Teilhaber ein und derselben Firma, und einer könnte ohne den anderen keine Geschäfte mehr machen. Und nur zu überleben – das wäre grauenhaft für beide.«
Blanche Adney schwieg eine Weile; dann entfuhr es ihr: »Ich weiß nicht – ich wünschte, er *würde* überleben.«

»Dürfte ich mich – was mich betrifft – erkundigen, welcher?«

»Wenn Sie das nicht erraten, sag' ich's Ihnen auch nicht.«

»Ich kenne das Frauenherz. Es zieht immer den anderen vor.«

Abermals hielt sie inne und blickte sich um. »Hier, wo mein Mann nicht in der Nähe ist, kann ich's Ihnen ja sagen. Ich liebe ihn.«

»Unglückliche Frau, er kennt ja keine Leidenschaften«, antwortete ich.

»Genau das ist ja der Grund, warum ich ihn anbete. Weiß eine Frau, die das durchgemacht hat, was ich durchgemacht habe, nicht, daß die Leidenschaften der anderen unerträglich sind? Eine Schauspielerin, das arme Wesen, darf sich aus keiner anderen Liebe etwas machen als aus der, die ganz auf *ihrer* Seite ist; sie kann es sich nicht leisten, daß man sie entschädigt. Meine Ehe ist der beste Beweis dafür; eine Ehe macht alles kaputt. Wissen Sie, woran ich gestern abend gedacht habe, während Mr. Vawdrey mir all diese wunderschönen Passagen vortrug? Es packte mich das wahnsinnige Verlangen, den Autor kennenzulernen.« Und hochdramatisch, gleichsam, als wollte sie ihre Scham damit verbergen, ging Blanche Adney weiter.

»Das schaffen wir schon noch«, entgegnete ich. »Ich selbst möchte auch noch mal einen Blick auf ihn werfen. Doch bis dahin vergessen Sie bitte nicht, daß ich über achtundvierzig Stunden auf den Beweis gewartet habe, der das eindringliche und plausible Bild von Lord Mellifonts Privatleben bestätigt, das Sie entworfen haben.«

»Ach, Lord Mellifont interessiert mich nicht.«

»Gestern aber wohl«, sagte ich.

»Ja, schon, aber das war, ehe ich mich verliebt habe. Sie mit Ihrer Geschichte haben sein Bild in mir ausgelöscht.«

»Sie bringen es noch so weit, daß ich bedauere, es Ihnen erzählt zu haben. Kommen Sie schon«, beschwor ich sie, »wenn Sie mir nicht verraten, wie Sie auf diese Idee gekommen sind, muß ich doch glauben, Sie hätten sie einfach erfunden.«

»Lassen Sie mich überlegen, während wir dieses grüne Tal entlangwandern.«

Wir standen am Eingang einer bezaubernden gewundenen Schlucht, die zum Teil von einem Bach ausgefüllt war, der so rasch dahinfloß, daß er ganz glatt schien. Wir stiegen hinunter, und der weiche Fußpfad neben dem glasklaren Gewässer verlockte uns, weiter und weiter zu gehen; bis wir unversehens, während ich darauf wartete, daß es meiner Gefährtin wieder einfiel, an einer Biegung der Schlucht Lady Mellifont auf uns zukommen sahen. Sie ging allein im Schatten ihres Sonnenschirms dahin, ließ ihre zobelbesetzte Schleppe über den Boden schleifen; und auf diese Art und Weise bot sie auf den vielfach gewundenen Pfaden eine durchaus erlesene Erscheinung. Für gewöhnlich nahm sie einen Kammerdiener mit, der auf den Landstraßen hinter ihr herging und dessen Livree den Bergbewohnern fremd war. Sie errötete, als sie uns erblickte, als müßte sie sich für irgend etwas rechtfertigen; sie stieß ein vages Lachen aus und sagte, sie sei herausgekommen, um zeitig einen kleinen Spaziergang zu machen. Wir standen eine Weile beieinander, tauschten Platitüden aus, und dann erwähnte sie, sie habe gedacht, sie werde vielleicht ihren Mann finden.

»Ist er denn in dieser Gegend?« erkundigte ich mich.

»Das dachte ich. Er ist vor etwa einer Stunde hinausgegangen, um zu malen.«

»Haben Sie nach ihm gesucht?« fragte Mrs. Adney.

»Ein wenig; nicht sehr«, sagte Lady Mellifont.

Jede der beiden Frauen sah, wie mir schien, die andere mit einiger Eindringlichkeit an.

»Wenn Sie wollen, suchen wir für Sie nach ihm«, sagte Mrs. Adney.

»Ach, es ist nicht wichtig. Ich wollte nur zu ihm gehen.«

»Er wird sein Bild nicht malen, wenn Sie das nicht tun«, deutete meine Gefährtin an.

»Vielleicht tut er es, wenn *Sie* es tun«, meinte Lady Mellifont.

»Ach, er taucht schon wieder auf«, warf ich ein.

»Das tut er mit Sicherheit, wenn er weiß, daß wir hier sind«, erwiderte Blanche Adney.

»Wollen Sie warten, während wir suchen?« fragte ich Lady Mellifont.

Sie wiederholte, das habe keinen Sinn; woraufhin Mrs. Adney fortfuhr: »Wir werden uns zu unserem eigenen Vergnügen um diese Sache kümmern.«

»Ich wünsche Ihnen eine angenehme Suche«, sagte Lady Mellifont und war bereits im Gehen, als ich sie fragte, ob wir ihrem Gatten sagen sollten, daß sie ihm gefolgt sei. Sie zögerte einen Moment; dann würgte sie auf merkwürdige Weise heraus: »Ich glaube, lieber nicht.« Damit verabschiedete sie sich von uns und glitt ein wenig steif die Schlucht hinunter. Meine Begleiterin und ich beobachteten, wie sie sich entfernte, und tauschten einen Blick, während sich von den Lippen der Schauspielerin perlend so etwas wie ein leises Lachen löste. »Es sieht aus, als ob sie sich den Weg durch das Unterholz von Mellifont bahnte.«

»Sie ahnt es, wissen Sie«, entgegnete ich.

»Und sie möchte nicht, daß er es weiß. Es wird kein Bild geben.«

»Es sei denn, wir holten ihn ein«, fügte ich noch hinzu. »In dem Falle werden wir ihn dabei überraschen, wie er gerade dabei ist, es zu malen, und zwar in der anmutigsten Haltung. Das Merkwürdige ist, daß dieses Bild fabelhaft sein wird.«

»Lassen wir ihn in Ruhe – dann muß er ohne Bild nach Hause kommen.«

»Dann würde er lieber überhaupt nicht heimkommen. Ach, er findet schon ein Publikum.«

»Vielleicht malt er für die Kühe«, meinte Blanche Ad-

ney; und gerade, als ich im Begriff stand, ihr wegen ihrer Respektlosigkeit Vorhaltungen zu machen, fuhr sie fort: »Genau das habe ich nämlich festgestellt.«
»Wovon sprechen Sie?«
»Von dem Zwischenfall vorgestern.«
»Ah, dann erzählen Sie's doch endlich!«
»Weiter war da nichts – nur, daß es mir genauso erging wie Lady Mellifont: Ich konnte ihn nicht finden.«
»Hatten Sie ihn verloren?«
»Er hatte *mich* verloren – so scheint es gewesen zu sein. Er dachte, ich wäre verschwunden.«
»Aber Sie haben ihn gefunden, denn schließlich sind Sie ja mit ihm zurückgekommen.«
»Er war es, der *mich* fand. Genau das muß wieder geschehen. Er ist von dem Augenblick an da, wo er weiß, daß jemand anderes da ist.«
»Ich begreife zwar seine Pausen – aber«, sagte ich nach kurzem Nachdenken, »ich komme nicht hinter das Gesetz, das bestimmt.«
»Ah, das ist zwar sehr subtil, aber mir ist es in dem Augenblick aufgegangen. Ich hatte mich gerade auf den Rückweg gemacht. Ich war müde und hatte darauf bestanden, daß er mich allein zurückgehen ließ. Wir hatten ein paar seltene Blumen gefunden – die ich mit heimbrachte –, und er war es gewesen, der sie fast alle entdeckt hatte. Das amüsierte ihn sehr, und ich wußte, daß er noch mehr holen wollte; aber ich war müde und ließ ihn allein. Er ließ mich ziehen –

wo wäre sonst sein Takt geblieben? –, und ich war zu dumm, zu begreifen, daß von dem Augenblick an, da ich fort war, er keine Blume mehr würde pflücken können. Ich machte mich auf den Heimweg, doch nach drei Minuten merkte ich, daß ich sein Taschenmesser mitgenommen hatte – er hatte es mir geliehen, um einen Zweig zurechtzuschneiden –, und ich wußte, daß er es brauchen würde. Also ging ich ein paar Schritte zurück, um ihn zu rufen, doch ehe ich den Mund aufmachte, sah ich mich suchend nach ihm um. Was dann geschah, können Sie sich nicht vorstellen, ohne die Stelle vor sich zu haben.«

»Bringen Sie mich dahin«, sagte ich.

»Vielleicht begegnet uns dort ein Wunder. Es handelt sich um eine Stelle, an der man sich überhaupt nicht verbergen kann – ein großer sanfter Hang, ohne Unterbrechung oder Bäume. Unter mir lagen die paar Felsbrocken, zwischen denen ich selbst verschwunden war, die ich aber beim Zurückgehen gleich wieder hinter mir hatte.«

»Dann muß er Sie gesehen haben.«

»Er war vollkommen verschwunden – aus irgendeinem Grunde, den er wohl am besten kennt. Vielleicht war er für einen Augenblick müde geworden – er wird schließlich älter, wissen Sie, und so wird wohl bei dem Gefühl, plötzlich wieder allein zu sein, die Reaktion entsprechend groß gewesen sein, die Auflösung entsprechend vollständig. Aber wie dem auch sei, die Bühne war leer wie Ihre Hand.«

»Hätte er denn irgendwo sonst sein können?«
»In der kurzen Zeit hätte er nirgends hinkönnen – er konnte nur dort sein, wo ich ihn zurückgelassen hatte. Trotzdem war die Stelle völlig leer – genauso leer wie dieser Talabschnitt vor uns. Er war verschwunden – er hatte aufgehört zu sein. Aber sobald meine Stimme ertönte (ich rief seinen Namen), erhob er sich plötzlich vor mir wie der Ball der aufgehenden Sonne.«
»Und wo ging diese Sonne auf?«
»Genau dort, wo sie aufgehen sollte – genau dort, wo er hätte sein müssen und wo ich ihn hätte sehen müssen, wäre er wie andere Menschen.«
Ich hatte gebannt zugehört, hielt es jedoch für meine Pflicht, auf Einwände zu sinnen.
»Wieviel Zeit war vergangen zwischen dem Moment, da Ihnen seine Abwesenheit aufging, und dem Augenblick, da Sie nach ihm riefen?«
»Ach, nur ein Moment. Ich kann nicht behaupten, daß es lange gedauert hätte.«
»Aber immerhin so lange, daß Sie sich ganz sicher waren?« fragte ich.
»Ganz sicher, daß er nicht dasein würde?«
»Ja, und daß Sie sich nicht irrten, daß Ihre Augen Ihnen nicht irgendeinen Streich gespielt hatten.«
»Getäuscht haben könnte ich mich selbstverständlich, aber ich glaube es nicht. Jedenfalls ist das gerade der Grund, warum ich möchte, daß Sie in seinem Zimmer nachsehen.« Ich überlegte einen Moment.

»Wie kann ich das tun, wo doch sogar seine Frau das nicht wagt?«
»Sie *möchte* aber; schlagen Sie es ihr vor. Es dauert bestimmt nicht lange, sie zu überreden. Sie ahnt etwas.«
Ich überlegte noch einmal. »Hatten Sie das Gefühl, daß *er* es wußte?«
»Daß ich ihn vermißt hatte? Es kam mir so vor, aber er glaubte, er wäre schnell genug gewesen.«
»Haben Sie ihn auf sein Verschwinden hin angesprochen?«
»Um Gottes willen – *y pensez-vous?* Dazu kam mir die Sache viel zu merkwürdig vor.«
»Richtig. Und wie sah er aus?«
In dem Versuch, darüber nachzudenken und sich das Wunder wieder zu vergegenwärtigen, schaute Blanche Adney wie abwesend das Tal hinauf. Plötzlich rief sie: »Genauso, wie er jetzt aussieht!«, und ich sah Lord Mellifont mit seinem Skizzenblock vor uns stehen. Mir fiel auf, daß er, als wir schließlich bei ihm waren, weder argwöhnisch noch völlig nichtssagend aussah; er stand ganz einfach da, wie er es immer und überall tat: wie die Hauptfigur von allem. Selbstverständlich hatte er kein Bild vorzuweisen, doch hätte nichts die Vorstellung, die wir uns augenblicklich von ihm machten, besser abrunden können als die Art, wie er sich in Positur setzte, als wir uns ihm näherten. Er hatte sich diesen Aussichtspunkt gewählt; mit einer Bewegung der pinselhaltenden

Hand nahm er Besitz von ihm. Er lehnte sich gegen einen Felsbrocken; sein wunderschöner kleiner Tuschkasten ruhte auf einem natürlichen Tischchen neben ihm, einem kleinen glatten Felsen, der bewies, mit welcher Selbstverständlichkeit sogar die Natur sich bemühte, ihm zu Diensten zu sein. Er malte beim Reden und redete beim Aquarellieren; und wenn das Bild eine ebenso große Buntheit aufwies wie seine Rede, würde seine Rede einem jeden Album zur Ehre gereicht haben. Wir warteten, bis er mit seiner Darbietung fertig war, und es schien wirklich so, als wären die wachen Silhouetten der Gipfel interessiert daran, daß er Erfolg hatte. Sie färbten sich schwarz wie Scherenschnitte und standen scharf konturiert vor einem blassen, graublauen Himmel, von dem freilich nichts zu befürchten stand, bis Lord Mellifont mit seinem Bild fertig war. Blanche Adney und ich unterhielten uns stumm; ich vermochte die Sprache ihrer Augen zu lesen: »Ach, wenn *wir* es doch auch so gut verständen wie er! Er füllt eine Bühne auf eine Art, da können wir einfach nicht mithalten!« Es wäre uns genauso unmöglich gewesen, ihn zu verlassen wie ein Theater vor dem Ende eines Stücks; doch als es dann soweit war, kehrten wir zusammen mit ihm um und gingen zum Gasthaus zurück, vor dessen Tür seine Lordschaft nach einem neuerlichen Blick auf das frisch gemalte Blatt dieses vom Block abriß und es mit ein paar wohlgewählten Worten Mrs. Adney überreichte. Dann betrat er das Haus; und einen Au-

genblick später, als wir von dort, wo wir standen, hochschauten, sahen wir ihn oben am Fenster seines Wohnzimmers (er hatte die besten Zimmer) nach dem Wetter Ausschau halten.
»Nach alledem wird er sich ausruhen müssen«, sagte Blanche und ließ die Augen auf das Aquarell herniedersinken.
»Ja, das wird er wahrhaftig!« Mit diesen Worten hob ich meine Augen zum Fenster hinauf: Lord Mellifont war verschwunden. »Er ist bereits wieder aufgesogen worden.«
»Wieder aufgesogen?« Ich merkte, daß die Schauspielerin an etwas anderes dachte.
»Von der Unendlichkeit. Er hat wieder seinen Sprung gemacht; da haben wir einen *entr'acte*.«
»Der dürfte ziemlich lange dauern.« Mrs. Adney blickte auf der Terrasse hin und her, und in diesem Augenblick trat der Oberkellner aus der Tür. Plötzlich wandte sie sich mit folgender Frage an ihn: »Haben Sie Mr. Vawdrey vor kurzem gesehen?«
Der Mann kam sofort näher.
»Er hat das Haus vor fünf Minuten verlassen – um einen Spaziergang zu machen, wie ich annehme. Er ist zum Paß hinuntergegangen – mit einem Buch in der Hand.«
Ich betrachtete die unheilverkündenden Wolken. »Er hätte besser einen Regenschirm mitgenommen.«
Der Kellner lächelte. »Ich habe ihm geraten, einen mitzunehmen.«

»Vielen Dank«, sagte Mrs. Adney, und der Oberkellner zog sich zurück. Dann fuhr sie unvermittelt fort: »Würden Sie mir einen Gefallen tun?«

»Gern, sofern Sie auch mir einen tun. Lassen Sie mich sehen, ob das Bild signiert ist.«

Sie warf einen Blick auf die Skizze, ehe sie sie mir reichte. »So unwahrscheinlich es ist – aber die Unterschrift fehlt.«

»Das sollte sie aber nicht – damit das Bild seinen ganzen Wert erhält. Darf ich es eine Weile behalten?«

»Ja, wenn Sie tun, um was ich Sie bitte. Nehmen Sie einen Schirm und gehen Sie hinter Mr. Vawdrey her.«

»Um ihn Mrs. Adney zu bringen?«

»Um ihn fernzuhalten – so lange wie möglich.«

»Ich werde ihn solange fernhalten, wie es nicht regnet.«

»Ach, lassen Sie doch den Regen!« rief meine Gefährtin aus.

»Möchten Sie gern, daß wir bis auf die Haut durchnäßt werden?«

»Es würde mir nicht soviel ausmachen!« Mit einem eigentümlichen Glitzern in den Augen fügte sie hinzu: »Ich werde es versuchen.«

»Versuchen?«

»Den echten zu sehen. Ach, falls ich an ihn rankomme«, entfuhr es ihr dann leidenschaftlich.

»Versuchen Sie's, versuchen Sie's!« sagte ich. »Ich werde unseren Freund den ganzen Tag von hier fernhalten.«

»Falls ich an den herankomme, der es macht« – mit glänzenden Augen hielt sie inne –, »falls ich mit ihm klarkomme, werde ich meine Rolle bekommen.«

»Ich werde Vawdrey für immer von hier fernhalten!« rief ich hinter ihr her, als sie rasch ins Haus trat.

Ihre Unerschrockenheit war ansteckend, und im Schimmer der Erregung stand ich da. Ich blickte auf Lord Mellifonts Aquarellskizze und von dort zu dem Unwetter, das sich zusammenbraute; dann wandte ich den Blick nochmals hinauf zu den Fenstern seiner Lordschaft und schaute auf die Uhr. Vawdrey war mir nur um so kurze Zeit voraus, daß ich ihn bestimmt einholte – selbst dann, wenn ich zu Lord Mellifonts Wohnzimmer hinaufging (wo wir alle gastfreundlich empfangen worden waren) und ihm als Bote die Bitte vortrug, Mrs. Adney ersuche ihn, der Skizze die Weihe seiner Unterschrift teilhaftig werden zu lassen. Als ich den Blick noch einmal auf diesem Kunstwerk ruhen ließ, fand ich, daß auf diesem in der Tat etwas fehle: und was konnte das anderes sein als eine so hochadelige Signatur? Es war meine Pflicht, unverzüglich dafür zu sorgen, daß dieser Mangel behoben wurde, und dieser Überzeugung folgend, trat ich augenblicklich wieder ins Gasthaus. Ich stieg zu Lord Mellifonts Gemächern hinauf und erreichte die Tür zu seinem Salon. Hier jedoch begegnete ich einer Schwierigkeit, mit der ich in meinen hochfliegenden Gedanken nicht gerechnet hatte. Klopfte ich, würde ich alles kaputtmachen; aber war ich bereit, mich einfach über dieses Gebot der Höflichkeit hinwegzusetzen? Diese Frage stellte ich mir, und sie brachte mich in Verlegenheit; ich drehte mein kleines Bild immer wieder in der Hand um, doch gab es mir nicht die Antwort, die ich mir erhoffte. Was ich hören wollte, war: »Mach die Tür ganz, ganz behutsam auf, lautlos und doch schnell; dann wirst du sehen, was du sehen willst.« Schon hatte ich die Hand auf der Klinke liegen, als mir bewußt wurde (so hellwach war ich also), daß genau in der Art, wie ich es eben gedacht – ganz, ganz behutsam, lautlos und doch schnell –, auf der gegenüberliegenden Seite des Flurs eine Tür sich bewegte. Im gleichen Augenblick ertappte ich mich dabei, wie ich ziemlich verdattert Lady Mellifont mit einem Lächeln bedachte, welche, als sie meiner ansichtig geworden war, auf der Schwelle ihres Zimmers innehielt. Eine Zeitlang tauschten wir, während wir dastanden, ein paar Gedanken aus, die um so bemerkenswerter waren, als sie unausgesprochen blieben. Wir hatten einander dabei ertappt, wie wir gezaudert hatten, und wir hatten Verständnis füreinander; doch als ich zu ihr hinüberging (so daß wir über die Breite des Flurs vom Salon getrennt waren), formten ihre Lippen die nahezu lautlose, aber doch inständige Bitte: »Nicht!« Ich las in ihren wissenden Augen alles, was dieses Wort ausdrückte: das Eingeständnis ihrer eigenen Neugier und die Angst vor den Folgen, welche die meine zu zeitigen imstande wäre! »*Nicht!*« wiederholte sie, als ich vor ihr stand.

Von dem Moment an, da mein Experiment sich in ihren Augen gleichsam wie ein gewalttätiger Akt ausnahm, war ich bereit, Abstand davon zu nehmen; gleichwohl glaubte ich, in ihrem angstvollen Gesicht noch etwas weit Tiefergehendes zu entdecken: die Möglichkeit, enttäuscht zu werden, falls ich nachgab. Es war, als ob sie gesagt hätte: »Ich lasse Sie es tun, wenn Sie die Verantwortung übernehmen. Jawohl, mit jemand anderem würde ich ihn gern überraschen. Aber es wäre entsetzlich für ihn, wenn er dächte, daß ich es gewesen sei.«
»Wir haben Lord Mellifont schnell gefunden«, bemerkte ich in Anspielung auf unser Treffen mit ihr eine Stunde zuvor, »und er war so liebenswürdig, Mrs. Adney dieses bezaubernde Aquarell zu schenken; sie hat mich gebeten, hinaufzugehen und ihn zu bitten, die fehlende Unterschrift darunterzusetzen.«
Lady Mellifont nahm mir das Aquarell ab, und ich erriet, welch ein Kampf sich in ihr abspielte, während sie es betrachtete. Eine Zeitlang bewahrte sie Schweigen; dann spürte ich, daß alle Feinfühligkeit und alle Würde, all ihre alte Schüchternheit und Ergebenheit sich gegen die Gelegenheit sträubten, die sich ihr bot. Sie wandte sich von mir ab und kehrte mit dem Aquarell zurück in ihr Zimmer. Ein paar Minuten blieb sie fort, und als sie dann wiederkam, konnte ich sehen, daß sie die Versuchung besiegt hatte; daß sie mit einer Art von neuerlich aufwallendem Entsetzen davor zurückgeschreckt war. Sie hatte das Bild in ihr Zimmer

gelegt. »Wenn Sie so freundlich sein wollen, das Bild hierzulassen, werde ich Sorge tragen, daß Mrs. Adneys Bitte entsprochen wird«, sagte sie außerordentlich höflich und liebenswürdig, doch auf eine Weise, die unserem stummen Zwiegespräch ein Ende bereitete.

Mit einer vielleicht etwas gekünstelten Begeisterung stimmte ich zu und bemerkte dann – um uns das Auseinandergehen zu erleichtern –, daß das Wetter sich wohl ändern werde.

»In dem Fall werden wir gehen – und zwar sogleich«, sagte Lady Mellifont. Mich belustigte der Eifer, mit dem sie das sagte; sie schien sich damit heimlich in Sicherheit zu flüchten – mitsamt ihrem bedrohten Geheimnis. Um so überraschter war ich daher, als sie in dem Augenblick, da ich mich zum Gehen wandte, die Hand ausstreckte und nach der meinen griff. Sie hatte zwar den Vorwand, mir Lebewohl zu sagen, doch als ich ihr in diesem Sinne die Hand drückte, spürte ich, daß die Geste etwas ganz anderes ausdrückte: »Ich danke Ihnen für die Hilfe, die Sie mir hätten angedeihen lassen, aber es ist besser so, wie es ist. Wenn ich es erführe – wer würde mir dann helfen?«

Als ich auf mein Zimmer ging, um meinen Schirm zu holen, sagte ich mir: »Sie ist sich sicher, aber sie möchte nicht die Probe aufs Exempel machen.«

Eine Viertelstunde später hatte ich Clare Vawdrey in der Schlucht eingeholt, und kurz danach hielten wir Ausschau nach einer Zuflucht. Der Sturm hatte sich nicht nur voll zusammengebraut, sondern war auch noch außerordentlich schnell losgebrochen. Wir liefen hastig einen Hügel hinauf zu einer leeren Hütte, einem rohen Unterstand, der kaum mehr war als ein Verschlag für die Rinder. Immerhin bot sie einen annehmbaren Schutz und wies auch noch Risse in den Wänden auf, durch die wir das großartige Schauspiel verfolgen konnten, das der Sturm bot. Diese Unterhaltung dauerte eine Stunde – eine Stunde, die für mich in meiner Erinnerung voll von Widersprüchen scheint. Während der Blitz mit dem Donner spielte und der Regen auf unsere Schirme prasselte, sagte ich mir, Clare Vawdrey sei eine Enttäuschung. Ich weiß nicht genau zu sagen, wie ich mir einen Autor vorstellte, welcher der Gewalt der Elemente ausgesetzt ist; ich weiß nicht, welche bestimmte Haltung mein Gefährte – Byrons Manfred gleich – meiner Meinung nach hätte annehmen sollen, doch irgendwie will mir scheinen, hatte ich doch nicht von ihm erwartet, daß er mich in einer solchen Situation mit (mir bereits bekannten) Geschichten über die berühmte Lady Ringrose erfreute. Um diese Dame drehte sich während dieser ungewöhnlich aufregenden Szene Vawdreys ganze Unterhaltung, wenn er auch, ehe noch alles ganz vorbei war, bereits ausholte, um von Mr. Chafer zu berichten, dem kaum weniger berüchtigten Rezensenten. Es brach mir das Herz, einen Mann wie Vawdrey von Kritikern sprechen zu hören. Die Blitze warfen ein unerbittlich klares Licht auf die mir seit

Jahren vertraute Wahrheit, welche die letzten ein oder zwei Tage mir ohnehin deutlich vor Augen geführt hatten – die verwirrende Gewißheit nämlich, daß dieses bewunderungswürdige Genie, was die persönlichen Beziehungen betrifft, meinte, es brauche nicht sein Bestes zu geben. So ging es in der Gesellschaft nun einmal zu, darüber kann kein Zweifel herrschen, doch verriet diese Unterscheidung einen Hochmut, der einen Bewunderer einfach verbittern mußte. Die Welt war gewöhnlich und dumm, und ein Mensch in seinem eigentlichen Wesen würde einen Narren aus sich machen, wenn er um ihretwillen aus sich herausginge, wo es doch genausogut über einen Stellvertreter sich zum Essen einladen lassen und plaudern konnte. Trotzdem sank mir das Herz, als ich meinen Gefährten sich dieser ökumenischen Haltung befleißigen sah. Ich weiß nicht genau, was ich wollte; vermutlich wollte ich, daß er um meinetwillen eine Ausnahme machte. Fast glaubte ich, er würde es tun, hätte er nur gewußt, wie sehr ich seine Begabung verehrte. Nur hatte ich es nie fertiggebracht, ihm dies begreiflich zu machen, und so war er erbarmungslos unnachgiebig in der Anwendung seines Prinzips. Auf jeden Fall war ich mehr denn je überzeugt, daß sein Schreibtischsessel daheim zu dieser Stunde nicht leer war; die Manfred-Haltung war da, die Reaktionsblitze waren da. Ich konnte Mrs. Adney nur darum beneiden, daß sie sie aller Wahrscheinlichkeit nach genoß.

Der Himmel klärte sich zuletzt wieder auf, und der Regen ließ so weit nach, um uns zu erlauben, unser Asyl zu verlassen und zum Gasthof zurückzukehren, wo wir bei unserer Ankunft feststellten, daß unser zu langes Ausbleiben einige Aufregung verursacht hatte. Offenbar hatte man angenommen, daß die Entfesselung der Elemente uns in Gefahr gebracht hatte. Ein paar von unseren Freunden standen an der Tür und schienen sogar ein wenig enttäuscht, als sich herausstellte, daß nichts weiter geschehen war, als daß wir bis auf die Haut durchnäßt waren. Clare Vawdrey war aus irgendeinem Grunde durchgeregneter als ich und begab sich sogleich auf sein Zimmer. Blanche Adney befand sich unter denjenigen, die sich versammelt hatten, um Ausschau nach uns zu halten, doch als Clare Vawdrey auf sie zukam, wich sie grußlos vor ihm zurück; mit einer Bewegung, in der ich fast so etwas wie Entfremdung las, wandte sie ihm den Rücken zu und ging rasch hinüber in den Salon. Durchnäßt, wie ich war, folgte ich ihr; woraufhin sie augenblicklich herumfuhr und mich ansah. Als erstes fiel mir auf, daß ich sie nie schöner gesehen hatte. Auf ihrem Gesicht lag der Schimmer der Erleuchtung, und mit dem raschzüngigsten Geflüster, welches gleichzeitig der lauteste Schrei war, den ich je vernommen hatte, verkündete sie mir: »Ich hab' meine *Rolle*!«

»Sie sind in sein Zimmer gegangen – stimmt's?«

»Recht?« wiederholte Blanche Adney. »Ach, mein lieber Freund!« flüsterte sie.

»Er war also da – Sie haben ihn gesehen?«
»Er hat mich gesehen. Es war die bedeutsamste Stunde meines Lebens.«
»Es muß die bedeutsamste Stunde *seines* Lebens gewesen sein, wenn Sie in diesem Augenblick auch nur halb so schön waren wie jetzt.«
»Er ist fabelhaft!« fuhr sie fort, als ob sie mich nicht hörte.
»Es *ist* wirklich er, der schreibt!« Ich lauschte, unendlich beeindruckt, und sie fügte hinzu: »Wir verstehen einander.«
»Blitzhaft?«
»Ach, ich habe in dem Augenblick keine Blitze wahrgenommen.«
»Wie lange waren Sie bei ihm?« fragte ich voller Bewunderung.
»Lange genug, um ihm zu sagen, daß ich ihn verehre!«
»Ach, das ist etwas, was ich ihm nie habe aussprechen können!« rief ich bedauernd aus.
»Ich werde meine Rolle bekommen – ich werde meine Rolle bekommen!« fuhr sie mit triumphierender Gleichgültigkeit mir gegenüber fort; und dann wirbelte sie mit der Ausgelassenheit eines jungen Mädchens im Zimmer herum und hielt nur inne, um zu sagen: »Gehen Sie und ziehen Sie sich um!«
»Lord Mellifont wird Ihnen das Bild signieren«, sagte ich.
»Ach, wie egal ist mir Mellifonts Signatur! Er ist viel netter als Mr. Vawdrey«, fuhr sie wie beiläufig fort.

»Lord Mellifont?« gab ich vor zu fragen.
»Zum Teufel mit Lord Mellifont!«
Und damit rauschte Blanche Adney stolz und gehobener Stimmung an mir vorüber durch die offene Tür. Nur einen Schritt davon entfernt, stieß sie auf ihren Mann; woraufhin sie sich ihm mit einem bezaubernd hervorgestoßenen: »Wir reden gerade von dir, Liebling!« in die Arme warf und ihn küßte. Ich ging in mein Zimmer und zog mich um, blieb aber bis zum Abend dort. Die Gewalt des Sturms war über uns hinweggegangen, und aus dem Regen war Nieseln geworden. Als ich zum Abendessen hinunterging, stellte ich fest, daß der Wetterwechsel unsere Gesellschaft schon auseinandergetrieben hatte. Die Mellifonts waren in einem Vierspänner davongefahren, andere waren ihrem Beispiel gefolgt, und ein paar Wagen waren für den nächsten Morgen bestellt. Blanche Adney gehörte zu denen, die morgen abreisen wollten, und unter dem Vorwand, noch Vorbereitungen treffen zu müssen, verließ sie uns unmittelbar nach dem Essen. Clare Vawdrey fragte mich, was denn mit ihr los sei – offenbar habe sie plötzlich etwas gegen ihn. Ich weiß nicht mehr, was für eine Antwort ich darauf gab, doch tat ich mein Bestes, ihn damit zu trösten, daß ich am nächsten Tag zusammen mit ihm fahren würde. Mrs. Adney war verschwunden, als wir zum Frühstück hinunterkamen; doch sie begruben ihren Streit in London, denn er schrieb sein Stück zu Ende, das sie zur Aufführung brachte. Ich

muß hinzufügen, daß sie trotzdem immer noch auf ihre große Rolle wartet. Ich habe eine wunderschöne für sie im Kopf, doch mich besucht sie nicht, um mich in dieser Hinsicht zu inspirieren. Lady Mellifont hat jedesmal, wenn wir uns sehen, ein freundliches Wort für mich, doch das tröstet mich nicht.

OWEN WINGRAVE

1

»Bei meiner Ehre, Sie müssen von Sinnen sein!« rief Spencer Coyle, als der junge Mann mit weißem Gesicht schwer atmend dastand und wiederholte: »Wirklich, ich bin fest entschlossen!« und: »Ich versichere Ihnen, ich habe es mir gründlich überlegt.« Sie waren beide blaß, nur lächelte Owen Wingrave sein Gegenüber auf eine Weise an, die diesen erboste, auch wenn er immer noch feinerer Unterscheidungen fähig war und durchaus erkannte, daß Owens verzerrtes Gesicht (es wirkte wie ein abweisender Seitenblick) die Folge einer außerordentlich großen und verständlichen Nervosität war.
»Es war bestimmt ein Fehler, solange mitgemacht zu haben; aber das ist genau der Grund, warum ich meine, daß ich nicht weitermachen darf«, erklärte der arme Owen, wartete mechanisch, ja, demütig fast (er wollte nicht auftrumpfen, und es gab auch wahrhaftig nichts, womit er hätte auftrumpfen können), und wandte seine trocken schimmernden Augen durch das Fenster den empfindungslosen gegenüberliegenden Häusern zu.
»Ich kann gar nicht sagen, wie entsetzt ich bin. Sie machen mich ganz krank«, fuhr Mr. Coyle fort und

sah aus, als verstünde er die Welt nicht mehr. »Es tut mir leid. Gerade die Angst vor der Wirkung, die das auf Sie haben müßte, hat mich davon abgehalten, schon früher den Mund aufzumachen.«
»Sie hätten schon vor drei Monaten zu mir kommen müssen! Sie können doch nicht von einem Tag auf den anderen den Verstand verloren haben.«
Eine Zeitlang sagte der junge Mann gar nichts. Dann erklärte er unter leichtem Zittern: »Sie sind sehr wütend auf mich, und das habe ich erwartet. Ich bin Ihnen außerordentlich dankbar für alles, was Sie für mich getan haben. Ich tue alles, was Sie wollen, um Ihnen das zu vergelten – nur das eine kann ich nicht. Alle anderen hier werden es mich selbstverständlich spüren lassen. Darauf bin ich gefaßt – ich bin auf alles gefaßt. Deshalb hat es ja gerade so lange gedauert: bis ich sicher war, daß ich auf alles gefaßt war. Ich glaube, es ist Ihr Zorn, was mich am meisten trifft und was ich am meisten bedauere. Aber mit der Zeit werden Sie darüber hinwegkommen.«
»Und *Sie* werden wohl noch schneller darüber hinwegkommen, nehme ich an!« rief Spencer Coyle ironisch. Er war genauso erregt wie sein junger Freund, und offensichtlich waren sie beide nicht in der Verfassung, ein Treffen weiter in die Länge zu ziehen, bei dem sie beide Blut ließen. Mr. Coyle war von Beruf »Einpauker«; er bereitete junge Leute für die Laufbahn in der Armee vor, nahm jeweils nur drei oder vier von ihnen auf und ließ ihnen jenes unwidersteh-

liche Stimulans zuteil werden, das zu besitzen sowohl sein Geheimnis als auch sein Glück war. Er führte kein großes Etablissement; vor sich selbst würde er gesagt haben, schließlich handele er nicht *en gros*. Weder sein System, seine Gesundheit noch sein Temperament wären mit einer größeren Zahl von Schülern fertig geworden; folglich wählte er sorgfältig aus, nahm genau Maß und wies mehr Anwärter ab, als er aufnehmen konnte. Er war auf seinem Gebiet ein Künstler, gab sich nur mit ausgesuchtem Material ab und war imstande, nahezu leidenschaftliche Opfer für die ihm anvertrauten einzelnen zu bringen. Was ihm gefiel, waren feurige junge Männer (es gab andere Fähigkeiten, für die er unempfänglich war), und auf Owen Wingrave hielt er ganz besonders große Stücke.
Die leichte Auffassungsgabe dieses jungen Mannes faszinierte ihn. Für gewöhnlich leisteten die jungen Männer, die durch seine Hände gegangen waren, Wunderbares, und er hätte sehr viele an die Armee weitergeben können. Er war von genau der gleichen Statur wie der große Napoleon, und es war ein gewisses genialisches Blitzen in seinen hellblauen Augen: man hatte von ihm behauptet, er sähe aus wie ein Pianist. Der Ton, in dem sein Lieblingsschüler sich jetzt an ihn wandte, drückte in der Tat unabsichtlich eine höhere Einsicht aus, die ihn irritierte. Bis jetzt hatte er noch nicht unter der hohen Meinung gelitten, die Owen Wingrave von sich selbst hatte und welche

durchaus gerechtfertigt schien; heute hingegen empfand er sie als unerträglich. Er schnitt die Unterhaltung einfach ab, weigerte sich entschieden, ihre Beziehung als beendet zu betrachten, und erklärte seinem Schüler, er solle doch lieber wegfahren (sagen wir nach Eastbourne; die See werde ihn schon wieder zur Vernunft bringen) und ein paar Tage ausspannen, um wieder auf die Beine zu kommen und wieder Vernunft anzunehmen. Er könne sich diese Zeit durchaus leisten, denn schließlich sei er den anderen weit voraus; als Spencer Coyle einfiel, wie weit voraus, hätte er ihn ohrfeigen mögen. Der großgewachsene, athletische junge Mann war niemand, bei dem man mit derlei Strafmaßnahmen etwas hätte ausrichten können; doch war sein hübsches Gesicht so unglücklich sanft, zeigten sich darin gleichermaßen Reue wie Eigensinn, was bewies, daß er, wäre damit nur etwas gewonnen gewesen, seinem Lehrer beide Wangen hingehalten hätte. Er tat durchaus nicht so, als ob ihn eine höhere Einsicht leite; er stellte sie nur als seine eigene hin. Schließlich war es seine eigene Karriere, um die es hier ging. Er konnte sich nicht weigern, es mit Eastbourne zumindest zu versuchen oder zumindest den Mund zu halten, wenngleich sein Benehmen durchblicken ließ, daß, wenn er es täte, es nur geschähe, um Mr. Coyle eine Möglichkeit zu geben, sich zu erholen. Er fühle sich in keiner Weise überarbeitet, doch sei nichts natürlicher, als daß Mr. Coyle es bei dem gewaltigen Druck, der von ihnen ausgehe, wäre. Für Mr. Coyle könne es nur von Vorteil sein, wenn sein Schüler sich ein paar Tage freinähme. Mr. Coyle begriff, was er meinte, beherrschte sich jedoch; er verlangte, und das war durchaus berechtigt, daß sie für drei Tage einen Waffenstillstand schlössen. Dazu erklärte Owen Wingrave sich ohne weiteres bereit, obwohl ihm das sichtlich wider den Strich ging, gleichsam als leiste er damit falschen Illusionen Vorschub; doch ehe sie sich trennten, meinte der berühmte Lehrer: »Wie auch immer, ich finde, ich müßte mit jemandem sprechen. Haben Sie nicht gesagt, Ihre Tante sei nach London gekommen?«

»O ja; sie ist in der Baker Street. Gehen Sie zu ihr und sprechen Sie mit ihr«, sagte der Junge tröstend.

Mr. Coyle blickte ihn einen Moment an. »Haben Sie ihr diese Torheit schon beigebracht?«

»Noch nicht – ich hatte mit keinem Menschen darüber gesprochen. Ich hielt es für richtig, zuerst mit Ihnen zu reden.«

»Ach, was Sie so ›für richtig‹ halten!« rief Spencer Coyle, außer sich über die Wertmaßstäbe seines jungen Freundes. Dann setzte er hinzu, er werde Miss Wingrave wahrscheinlich einen Besuch abstatten; wonach der verzagte Jüngling das Haus verließ.

Allerdings fuhr Owen Wingrave nicht sofort nach Eastbourne, sondern lenkte die Schritte nur in Richtung Kensington Gardens, von denen Mr. Coyles beneidenswerte Villa (er lebte auf großem Fuße und führte ein großes Haus) nicht weit entfernt war Der berühmte Lehrer nahm seine Zöglinge »in Kost und Logis«, und Owen hatte dem Butler gesagt, er werde zum Abendessen wieder dasein. Der Frühlingstag war warm für sein junges Blut, und er trug ein Buch in der Tasche, das er, nachdem er den Park betreten und sich nach einem kurzen Gang auf einen Stuhl gesetzt hatte, mit einem gedehnten, leisen Seufzer herausnahm, der die Erfüllung einer hinausgeschobenen Freude verkündete. Er streckte die langen Beine aus und fing an zu lesen; es war ein Band Goethegedichte. Tagelang hatte Owen sich in einem Zustand höchster Erregung befunden, und jetzt, nachdem die Würfel gefallen waren, war die Erleichterung entsprechend; typisch für ihn war nur, daß die Erlösung die Form geistigen Vergnügens annahm. Wenn er alle Aussichten auf eine großartige Karriere in den Wind geschlagen hatte, dann nicht, um müßig die Bond Street entlangzuschlendern oder seine Gleichgültigkeit am Fenster eines Clubs zur Schau zu stellen. Auf jeden Fall hatte er nach wenigen Augenblicken alles vergessen – den ungeheuren Druck, Mr. Coyles Enttäuschung, ja, selbst seine respektgebietende Tante in der Baker Street. Hätten diese ihn hier sehen können, so würden sie sicher eine gewisse Entschuldigung für ihre Erbitterung gefunden haben. Kein Zweifel, daß er verstockt war; bewies denn nicht schon die Tatsache, welchem Zeitvertreib er sich hingab, wie weit er es ausgerechnet im Deutschen gebracht hatte?

»Was zum Teufel ist denn in ihn gefahren – wissen *Sie* das?« fragte am Nachmittag Spencer Coyle den jungen Lechmere, der es noch nie erlebt hatte, daß der Leiter des Instituts sich einer so rüden Sprache befleißigt und seinen Schülern damit ein schlechtes Beispiel gegeben hätte. Der junge Lechmere war nicht nur Wingraves Mitschüler, sondern galt als sein Vertrauter, ja, als sein bester Freund, und hatte Mr. Coyle unbewußt geholfen, das Versprechen großer Gaben durch den Kontrast besonders deutlich zu erkennen. Er war klein und gedrungen und im ganzen nicht sonderlich begabt, und Mr. Coyle, dem nicht besonders viel daran lag, an ihn zu glauben, hatte ihn nie weniger aufregend gefunden als in diesem Augenblick, da er ihn aus einem Gesicht heraus anstarrte, dem man nie entnehmen konnte, ob er etwas begriffen hatte oder nicht. Der junge Lechmere verbarg derlei Leistungen gleichsam, als wären sie jugendliche Unbesonnenheiten. Auf jeden Fall konnte er sich offensichtlich nicht denken, warum mit seinem Studiengefährten mehr los sein sollte als sonst auch; folglich war Mr. Coyle gezwungen, weiter auszuholen.

»Er weigert sich weiterzumachen. Er schmeißt den ganzen Kram hin.«

Das erste, was dem jungen Lechmere hier auffiel, war die Frische, welche die Ausdrucksweise des Leiters wie eine vergessene Mundart durch die ganze Angelegenheit bekommen hatte.

»Er will nicht nach Sandhurst?«
»Er will nirgendwohin. Er gibt die ganze Offizierskarriere auf. Er hat was gegen den Beruf des Offiziers ganz allgemein«, sagte Mr. Coyle in einem Ton, daß dem jungen Lechmere fast der Atem stockte.
»Aber Offizier zu sein ist doch der Beruf seiner gesamten Familie gewesen!«
»Ihr Beruf? Ihre *Religion* ist es gewesen! Kennen Sie Miss Wingrave?«
»Aber ja! Ist sie nicht schrecklich?« stieß der junge Lechmere arglos aus.
Sein Lehrer zauderte.
»Sie ist eine furchtgebietende Dame, wenn es das ist, was Sie meinen, und das sehr zu Recht, denn irgendwie repräsentiert die gute Dame, die nie geheiratet hat, Macht, Tradition und Heldentum der britischen Armee. Sie repräsentiert im weitesten Sinne den Anstand, für den der englische Name steht. Zwar kann man sich vermutlich darauf verlassen, daß seine Familie ihn zur Räson bringt, doch sollte jeder Einfluß mobilisiert werden. Ich wüßte gern, wie groß der Ihre ist. Können *Sie* in dieser Angelegenheit etwas bei ihm ausrichten?«
»Ich kann ja ein paar Runden mit ihm ausfechten«, sagte der junge Lechmere nachdenklich. »Aber er weiß schrecklich viel. Er hat die ausgefallensten Ideen.«
»Dann hat er Sie in ein paar von ihnen eingeweiht – hat er Sie ins Vertrauen gezogen?«

»Ich habe ihn wahnsinnig schimpfen hören«, sagte der aufrichtige junge Mann lächelnd. »Er hat mir gesagt, er verachtet es.«

»Was verachtet er denn nur? Ich komme da nicht mit.« Der logischste von Mr. Coyles Schützlingen überlegte einen Augenblick, gleichsam als sei er sich einer Verantwortung bewußt.

»Nun, ich glaube, das ruhmvolle Soldatendasein. Er behauptet, wir sähen das völlig falsch.«

»Wie kommt er dazu, *Ihnen* solche Dinge zu sagen! Das verdirbt die athenische Jugend. Das heißt Aufruhr säen!«

»Ach, mir macht das nichts!« erklärte der junge Lechmere. »Und er hat mir nie gesagt, daß er alles hinschmeißen will. Ich habe immer gedacht, er bleibt bei der Stange – ganz einfach, weil er muß. Er kann auf jeder Seite argumentieren – wie Sie wollen. Wirklich ein Jammer – ich bin sicher, ihm hätte eine große Karriere offengestanden.«

»Sagen Sie ihm das; beknien Sie ihn; ringen Sie mit ihm – um der Liebe Gottes willen!«

»Ich werde tun, was ich kann – ich werde ihm sagen, es ist eine regelrechte Schande.«

»Jawohl, das ist der richtige Ton, den Sie ihm gegenüber anschlagen sollten – führen Sie ihm vor Augen, was für eine Schande es ist!«

Der junge Mann bedachte Mr. Coyle mit einem Blick, als ginge sein Verständnis noch weiter. »Ich bin überzeugt, er würde nie etwas Unehrenhaftes tun.«

»Hm – jedenfalls würde es einen schlechten Eindruck machen. Man muß ihn dazu bringen, daß er *das* begreift, immer in dieselbe Kerbe hauen. Ihm die Augen dafür öffnen, wie seine Kameraden das sehen – seine Waffengefährten.«

»Und ich hatte gehofft, das würden wir wirklich einmal werden!« sinnierte der junge Lechmere romantisch und beflügelt von dem Auftrag, der ihm erteilt worden war. »Er ist ein verdammt guter Mann!«

»Das wird aber kein Mensch mehr denken, wenn er kneift!« sagte Spencer Coyle.

»Das zu sagen dürften Sie sich *mir* gegenüber nicht herausnehmen!« fügte sein Schüler errötend hinzu.

Mr. Coyle zögerte einen Augenblick. Er wurde sich bewußt, in welchem Ton er zuletzt gesprochen hatte, und ihm ging auf, daß, so widersinnig es auch war, dieser junge Mann zwar der geborene Soldat war, ihn aber wegen seiner anderen Fähigkeiten niemals Begeisterung packen würde, mit einer Ausnahme vielleicht, wenn es um jenes brave Mädchen ging, mit dem er eines Tages – sehr bald schon – ganz gewiß ohne jede größere Gemütsaufwallung verbunden werden würde. »Mögen Sie ihn besonders gern – glauben Sie an ihn?«

Der junge Lechmere hatte in letzter Zeit furchtbare Fragen beantworten müssen; doch einer so sonderbaren Befragung wie dieser war er noch nie ausgesetzt gewesen. »An ihn glauben? Und ob!«

»Dann *retten* Sie ihn!«

Der arme Junge wußte nicht, wo ihm der Kopf stand; er hatte das Gefühl, als ob ihm durch die Eindringlichkeit, mit der ihm dies nahegelegt wurde, gleichzeitig zu verstehen gegeben wurde, daß mehr an der ganzen Angelegenheit sei, als es oberflächlich den Anschein habe; und er spürte zweifellos, daß er selbst in eine außerordentlich vertrackte Situation hineingeriet, als er nach einem weiteren Augenblick, die Hände in den Taschen, voller Hoffnung, jedoch nicht angeberisch entgegnete: »Ich bin überzeugt, ich kann ihn davon abbringen.«

2

Ehe er mit dem jungen Lechmere gesprochen hatte, hatte Mr. Coyle beschlossen, sich telegraphisch mit ein paar Fragen an Miss Wingrave zu wenden. Die Rückantwort war bezahlt, und als sie ihm umgehend in die Hand gedrückt wurde, bedeutete das das Ende der Unterhaltung, welcher wir soeben beigewohnt haben. Mr. Coyle fuhr sofort in die Baker Street, wo die Dame, wie sie gekabelt hatte, ihn erwartete, und fünf Minuten, nachdem er dort angelangt war und Owen Wingraves bemerkenswerter Tante gegenübersaß, wiederholte er etliche Male mit einer Betrübnis, in welche sich Zorn mischte, und mit der Unfehlbarkeit seiner Erfahrung: »Dabei ist er so aufgeweckt – ein so heller Kopf!« Er hatte erklärt, er betrachte es als eine besondere Ehre, einem solchen jungen Mann zu helfen, die Hürden der Aufnahmeprüfung zu nehmen.

»Selbstverständlich ist er aufgeweckt – was sollte er sonst sein? Wir haben meines Wissens bis jetzt nur einen einzigen Idioten in der Familie gehabt!« erklärte Jane Wingrave und spielte damit auf etwas an, was Mr. Coyle durchaus verstand; gleichzeitig wurde ihm ein weiterer Grund klar, warum die guten Leute in Paramore enttäuscht, wenn nicht gar gedemütigt sein würden; außerdem wurde ihm damit aber auch ein Beispiel für die bewußte Bärbeißigkeit zuteil, wie sie ihm bereits bei früherer Gelegenheit bei seiner Gesprächspartnerin aufgefallen war. Der arme Philip Wingrave, ältester Sohn ihres verstorbenen Bruders, war buchstäblich schwachsinnig und von der Bildfläche verbannt gewesen; geistesgestört, nicht vorzeigbar und unheilbar, hatte man ihn in ein privates Heim gesteckt, und er war für die Freunde der Familie nichts weiter als eine traurige Legende, von der man nur hinter vorgehaltener Hand sprach. Alle Hoffnungen des Hauses, des malerischen Paramore, nunmehr seit langer Zeit das recht schwermütige Heim des alten Sir Philip (dessen Gebrechen ihn zwangen, bis zu seinem Ende dort zu bleiben), wurden daher auf das Haupt des Zweitgeborenen gehäuft, welchen die Natur – gleichsam als wollte sie ihre frühere Stümperei wiedergutmachen – nicht nur äußerlich auffallend gut ausgestattet, sondern auch innerlich mit erstaunlichen Geistesgaben beschenkt hatte. Diese beiden waren die einzigen Kinder des ältesten Sohnes des alten Mannes gewesen, der, wie so viele seiner Vorfahren, sein tapferes junges Leben im Dienste seines Vaterlandes geopfert hatte. Owen Wingrave der Ältere hatte seinen Todeshieb im Handgemenge von einem afghanischen Säbel erhalten; der Hieb war furchtbar über seinen Schädel herniedergekommen. Seine Frau, damals in Indien, stand kurz vor der Geburt ihres dritten Kindes; und als dieses Ereignis sich vollzog – in Dunkelheit und unter Schmerzen –, kam das Baby tot zur Welt, und die Mutter hauchte unter dem doppelten Kummer ihr Leben aus. Der zweite der kleinen Knaben in England, der bei seinem Großvater in Paramore aufwuchs, erwarb sich dort die besondere Zuneigung seiner einzigen und unverheirateten Tante, und an jenem aufschlußreichen Sonntag, den Spencer Coyle nach einer dringlichen Einladung und nachdem er sich einverstanden erklärt hatte, Owen durch die Prüfung zu bringen, unter diesem Dache verbrachte, hatte der gefeierte Lehrer einen lebhaften Eindruck von dem Einfluß bekommen, den Miss Wingrave auszunutzen beabsichtigte. Wahrhaftig, das Bild von diesem kurzen Besuch sollte dem wachsamen kleinen Mann als sehr merkwürdig in Erinnerung bleiben – das Bild von einem verarmten, aus dem Anfang des siebzehnten Jahrhunderts stammenden Hause, armselig und bemerkenswert »unheimlich«, gleichzeitig jedoch immer noch voll von Cha-

rakter und Heiterkeit als Hintergrund für die vornehme Gestalt des friedfertigen alten Soldaten. Sir Philip Wingrave, eher ein Überbleibsel als eine Berühmtheit, war ein kleiner, brauner, sich betont aufrecht haltender Achtziger mit feurigen Augen und artigen Umgangsformen. Er gefiel sich darin, die nunmehr recht reduzierten *honneurs* zu machen, doch selbst wenn er mit zitternder Hand einem Gast, der das weit von sich wies, eine Kerze fürs Schlafzimmer anzündete, war es unmöglich, nicht zu spüren, daß er unter der Oberfläche ein erbarmungsloser alter Krieger war. Wer Phantasie besaß, konnte sich sehr wohl ausmalen, was er in seinen reifen Mannesjahren im Fernen Osten alles erlebt hatte – Episoden, in denen seine tadellosen Umgangsformen ihn nur um so schrecklicher erscheinen lassen mußten.
Mr. Coyle erinnerte sich auch noch an zwei andere Gestalten – eine verblühte und harmlose Mrs. Julian, die als Offizierswitwe und besondere Freundin von Miss Wingrave dort häufig zu Besuch weilte, so daß sie im Grunde zur Familie gehörte, und ein bemerkenswert kluges achtzehnjähriges Mädchen, die Tochter dieser Dame, welche einem weiterdenkenden Besucher bereits für andere Beziehungen auserkoren schien. Sie war Owen gegenüber sehr keck, und im Verlauf eines langen Spaziergangs, den er mit dem jungen Mann gemacht hatte und bei dem nach ausgiebiger Unterhaltung herausgekommen war, daß die hohe Meinung, die Mr. Coyle von ihm hatte, in höch-

stem Maße gerechtfertigt schien (denn Owen plauderte ganz unbefangen und zuversichtlich), hatte er erfahren, daß Mrs. Julian die Schwester eines äußerst galanten Captain Hume-Walker von der Artillerie sei, der während des indischen Aufstands gefallen war und zwischen dem und Miss Wingrave früher (es handelte sich um das einzige bekannte Zugeständnis, das diese Dame jemals gemacht hatte) eine zarte Beziehung bestand, die dann freilich ein tragisches Ende genommen hatte. Die beiden waren verlobt gewesen, doch hatte Miss Wingrave ihrer natürlichen Eifersucht nachgegeben – hatte mit ihm gebrochen und ihn seinem, wie man weiß: schrecklichen, Schicksal überlassen. Das leidenschaftliche Gefühl, ihm unrecht getan zu haben, eine unerbittliche lebenslange Reue hatte daraufhin Besitz von ihr ergriffen, und als seine arme Schwester, die gleichfalls mit einem Militär verheiratet gewesen war, durch einen womöglich noch schlimmeren Schlag praktisch mittellos zurückblieb, hatte sie sich einer langen wohltätigen Sühne anheimgegeben. Sie hatte Trost darin gefunden, Mrs. Julian zu bewegen, die meiste Zeit über in Paramore zu leben, wo sie zu einer unbezahlten, gleichwohl jedoch nicht von Kritik verschonten Haushälterin geworden war, und Spencer Coyle mutmaßte, daß ein Teil dieses Trostes darin bestand, daß sie nach Belieben auf ihr herumtrampeln konnte. Der Eindruck von Jane Wingrave war nicht der schwächste, den er an jenem an Eindrücken reichen Sonntag

gewonnen hatte – denn bisweilen erschien ihm dieser Tag von ganz bestimmten Verlusten angehaucht, dem Gefühl von Trauer und Erinnerung, nie erwähnten Namen, eines weit, weit entfernten Klagegesangs von Witwen und dem Widerhall von Schlachten und schlimmen Nachrichten. All das war sehr soldatisch, und Mr. Coyle überlief es geradezu eiskalt bei dem Gedanken an den Beruf, zu dem die Tür aufzustoßen er ahnungslosen jungen Männern half. Miss Wingrave wäre überdies imstande gewesen, ein ohnehin schon schlechtes Gewissen noch mehr zu beschweren – ein so kaltes und durchsichtig gutes Gewissen blickte ihn aus ihren harten, schönen Augen an und schwang in ihrer volltönenden, tiefen Stimme mit.
Sie war eine große, vornehme Person, eckig, aber nicht linkisch, hatte eine große Stirn und eine Fülle schwarzen Haares, das so frisiert war, wie eine Frau es tut, die ihr Haupt insgeheim vielleicht als »vornehm« betrachtet, und nun unregelmäßige weiße Strähnen aufwies. Wenn sie für Spencer Coyle gleichsam den guten Geist einer Familie von Militärs darstellte, so nicht, weil sie etwa den Schritt eines Grenadiers oder den Wortschatz einer Marketenderin gehabt hätte; es war einfach so, daß die Vorliebe für alles Militärische in der allgemeinen Tatsache lebendig war, auf welche alle ihre Handlungen, alles, was sie sagte oder zum Ausdruck brachte, ständig und unverblümt hinwies – daß die Familie ihr über alles ging. Wenn sie selbst etwas »Militärisches« hatte,

dann deshalb, weil sie aus einer alten Offiziersfamilie stammte und sie um nichts auf der Welt etwas hätte sein mögen als das, was die Wingraves von jeher gewesen waren. Sie war fast gewöhnlich, was den Stolz auf ihre Vorfahren betraf, und wenn jemand versucht gewesen wäre, sich mit ihr anzulegen, dann hätte ihre Maßlosigkeit in dieser Beziehung durchaus manchen Vorwand dazu geliefert. Diese Versuchung war jedoch nicht verlockend für Spencer Coyle; für ihn war sie ein ausgeprägter Charakter, der sich in Farben und Stimme ausdrückte, war ein Schauspiel, und er freute sich darüber, daß sie eine Kraft darstellte, die auf seiner Seite stand. Er wünschte, ihr Neffe hätte mehr von ihrer Ausschließlichkeit, statt fast wie mit einem Fluch mit der Neigung begabt zu sein, alle Dinge in ihren Relationen zu sehen. Er überlegte, warum sie wohl, wenn sie nach London kam, jedesmal unweigerlich in der Baker Street abstieg. Er hatte die Baker Street noch nie als eine Straße nennen gehört, in der man wohnte – er verband damit nur die Vorstellung von billigen Warenhäusern und Fotografen. Er ahnte in ihr eine starre Gleichgültigkeit gegenüber allem, was nicht zu der Leidenschaft ihres Lebens gehörte. Für sie war nichts wirklich wichtig als das, und sie wäre imstande gewesen, selbst in Whitechapel Wohnung zu nehmen, wenn das in ihre Taktik gepaßt haben würde. Sie hatte ihren Besucher in einem großen kalten, verblichenen Raum empfangen, der mit wackeligen Sitzgelegenheiten ausgestattet und mit Alabastervasen und Wachsblumen geschmückt war. Der einzige kleine persönliche Komfort, der ihr etwas zu bedeuten schien, war ein dicker Katalog der *Army and Navy Stores*, welcher auf einem gewaltigen, verschossenen blauen Tischtuch ruhte. Ihre reine Stirn – sie nahm sich aus wie eine Porzellantafel, auf der man Adressen notierte und kleine Rechnungen aufstellte – hatte sich gerötet, als der Erzieher ihres Neffen ihr die unerhörte Neuigkeit berichtete, doch erkannte er, daß sie glücklicherweise mehr von Zorn erfüllt schien als von Angst. Es mangelte ihr grundsätzlich und in jeder Beziehung zu sehr an Phantasie, als daß so etwas wie Angst sie hätte packen können; überdies hatte die gesunde Gewohnheit, sich allem und jedem zu stellen, sie gelehrt, daß sie bei derlei Gelegenheiten eine Größe darstellte, mit der man rechnen mußte. Mr. Coyle erkannte, daß ihre Angst im Augenblick einzig darin bestehen konnte, ihren Neffen nicht davon abzuhalten, sich lächerlich zu machen, und daß ihr ein solcher Gedanke unter gar keinen Umständen je in den Sinn gekommen wäre. Praktisch machte ihr nicht einmal das Moment der Überraschung zu schaffen; für sie gab es nicht so etwas wie Vergeblichkeit und subtile Empfindungen. Wenn Owen sich für eine Stunde zum Narren gemacht hatte, so erregte das ihren Zorn; so wie sie auch irritiert gewesen wäre, wenn sie erfahren hätte, daß er Schulden gemacht oder sich in ein Mädchen unter seinem Stand verliebt haben würde. Bei allem Verdruß blieb ihr die rettende Tatsache, daß kein Mensch *sie* zum Narren halten konnte.

»Ich weiß nicht, wann ich jemals ein solches Interesse an einem jungen Mann genommen hätte – ich glaube, das ist nie passiert, seit ich sie betreue«, erklärte Mr. Coyle. »Ich mag ihn, ich glaube an ihn – es war ein Vergnügen zu sehen, wie er sich machte.«

»Oh, ich weiß, wie sie sich machen!« Miss Wingrave warf ihren Kopf temperamentvoll zurück, wie man es an ihr kannte, gleichsam als ob alle Generationen sporenklirrend und säbelrasselnd vor ihrem geistigen Auge vorübergezogen wären. Spencer Coyle begriff, daß sie damit andeuten wollte, kein Mensch brauche ihr zu sagen, wie ein Wingrave sich »mache«; ja, bei dem, was sie dann sagte, spürte er sogar, daß er sich in ihren Augen mit dem beunruhigenden Bericht über seine Verblüffung, mit seiner halbherzigen Beschwerde über seinen Schüler der Schwäche schuldig machte. »Wenn Sie ihn mögen«, rief sie aus, »dann bringen Sie ihn doch um Gottes willen zum Schweigen!«

Mr. Coyle schickte sich an, ihr zu erklären, das sei nicht so leicht, wie sie es sich offenbar vorstelle, doch merkte er, daß sie kaum etwas von dem verstand, was er sagte. Je mehr er darauf hinwies, daß der Junge eine gewisse geistige Unabhängigkeit besitze, desto mehr schien ihr das ein schlüssiger Beweis dafür, daß ihr Neffe ein echter Wingrave und folglich der geborene Soldat sei. Erst als er erwähnte, Owen habe vom Beruf des Offiziers als etwas gesprochen, was »unter seiner Würde« sei, »über dem er stehe«, war das anscheinend geeignet, ihr die Verzwicktheit des Problems in einem so hellen Licht darzustellen, daß Miss Wingrave nach einem Augenblick wie benommener Nachdenklichkeit ausrief: »Dann schicken Sie ihn unverzüglich zu mir!«

»Genau darum wollte ich Sie bitten. Nur hatte ich Sie darauf vorbereiten wollen, damit Sie auf das Schlimmste gefaßt sind. Ich wollte Ihnen begreiflich machen, daß ich ihn als zu allem entschlossen betrachte, und Ihnen zu bedenken geben, daß auch die überzeugendsten Argumente – vor allem, wenn Sie etwas außerordentlich Handfestes ins Feld führen könnten – nicht zu stark sein können.«

»Ich denke, ich habe ein sehr überzeugendes Argument«, sagte Miss Wingrave und sah ihren Besucher eindringlich an. Er hatte nicht die mindeste Ahnung, worum es sich dabei handeln könnte, bat sie jedoch, es unverzüglich zu benutzen. Er versprach, der junge Mann werde noch am selben Abend zu ihr in die Baker Street kommen, erwähnte jedoch auch, er habe ihm bereits nahegelegt, sofort für ein paar Tage nach Eastbourne zu fahren. Was Jane Wingrave dazu brachte, sich verwundert zu erkundigen, was *dieses* kostspielige Heilmittel denn Gutes bewirken könne, und, als Mr. Coyle entgegnet hatte: »Eine kleine Ruhepause, ein bißchen Abwechslung, etwas Erleichterung für die überreizten Nerven«, dem entschieden entgegenzuhalten: »Ach, packen Sie ihn nicht in Watte – er kostet uns einen Haufen Geld! Ich werde mit ihm reden und ihn mitnehmen nach Paramore; und wenn ich ihn wieder zurechtgebogen habe, schicke ich ihn Ihnen wieder zurück.«

Spencer Coyle begrüßte dieses Versprechen zunächst flüchtig mit Zufriedenheit, doch als er Miss Wingrave verlassen hatte, ging ihm auf, daß er sich im Grunde eine neue Sorge aufgeladen hatte – eine Unruhe, die ihn innerlich aufstöhnend zu sich sagen ließ: »Ach, im Grunde ist sie eben doch ein Grenadier, und sie wird keine Behutsamkeit kennen. Ich weiß nicht, worum es sich bei ihren überzeugenden Argumenten handelt; nur fürchte ich, daß sie sich töricht verhält und alles nur noch schlimmer macht. Der alte Herr in Paramore wäre besser – *der* kennt so was wie Takt und Feingefühl, wenn auch er kein erloschener Vulkan ist. Owen wird ihn vermutlich dazu bringen, daß er sich maßlos aufregt. Kurz gesagt, die Schwierigkeit besteht eigentlich darin, daß der Junge der Beste von ihnen ist.«

Daß der Junge wirklich der Beste war, bekam Spencer Coyle an diesem Abend beim Dinner erneut bestätigt. Der junge Wingrave (der, wie er erfreut feststellte, noch nicht ans Meer gereist war) erschien wie gewöhnlich zur Mahlzeit und sah, wie nicht anders zu erwarten, ein wenig verlegen, doch für Bayswater nicht zu auffällig aus. Er redete durchaus natürlich mit Mrs. Coyle, die ihn von Anfang an für den schönsten jungen Mann gehalten hatte, der ihnen jemals anvertraut worden war; so daß derjenige, dem am unbehaglichsten zumute war, der junge Lechmere war, der, gleichsam aus unendlichem Feingefühl heraus, größte Mühe hatte, den Augen seines fehlgeleiteten Kameraden auszuweichen. Spencer Coyle hingegen zahlte den Preis für sein zutiefst aufgewühltes Inneres; er konnte ohne weiteres sehen, daß an diesem jungen Mann alles mögliche war, wofür man in Paramore niemals Verständnis haben würde. Er lehnte sich sogar schon gegen die Vorstellung auf, daß man ihm zusetzte – fing an, darüber nachzudenken, daß er schließlich ein Recht auf seine Gedanken hatte –, erinnerte sich daran, daß Owen aus zu feinem Stoff gemacht war, als daß man fairerweise roh mit ihm umspringen könnte. Auf diese Weise war der begeisterte kleine Lehrer mit dem launischen Gespür und den verzwickten Sympathien im allgemeinen dazu verdammt, sich mit seinem Mißvergnügen und seiner Begeisterung nicht in Ruhe zu wiegen. Seine Liebe zu wirklicher Wahrheit ließ es nicht zu, daß er das tat. Er erwähnte dem jungen Wingrave gegenüber nach dem Essen, es sei angezeigt, einen Besuch in der Baker Street zu machen, und der junge Mann, der seiner Meinung nach »komisch« aussah – das heißt, daß er wieder so übertrieben siegesgewiß lächelte wie bei der Unterredung am Morgen –, fuhr hin, um sich dieser schweren Feuerprobe zu stellen. Spencer Coyle

entging es nicht, daß er sich fürchtete – er hatte offensichtlich Angst vor seiner Tante; doch irgendwie konnte er darin kein Zeichen von Verzagtheit sehen. Er selbst hätte zweifellos vor Angst geschlottert, dessen war er sich sicher, würde er an der Stelle des armen Jungen gestanden haben, und zu sehen, wie sein Schüler trotz seiner Ängste beherzt auf die feindliche Batterie zumarschierte, erschien ihm wie eine Bestätigung für seine Überzeugung, daß Owen eben doch das Zeug zu einem richtigen Soldaten hatte. So mancher schneidige junge Mann wäre vor dieser ganz besonderen Gefahr zweifellos zurückgeschreckt.
»Er hat wirklich eigensinnige Ideen!« entfuhr es dem jungen Lechmere seinem Erzieher gegenüber, nachdem sein Kamerad das Haus verlassen hatte. Er war offensichtlich durcheinander und erregt – mußte seinen Gefühlen zunächst einmal freien Lauf lassen. Denn vorm Essen war er, wie Mr. Coyle es von ihm verlangt hatte, gleich zu seinem Freund gegangen und hatte aus ihm herausbekommen, daß seine Skrupel sich auf der überwältigenden Überzeugung gründeten, daß der Krieg eine Dummheit sei – »krasse Barbarei« wie er sich ausgedrückt hatte. Was er zutiefst beklage, sei, daß die Menschen nichts Klügeres erfunden hätten als Kriegführen; er sei entschlossen zu beweisen – und zwar auf die einzige Weise, die ihm offenstand –, daß *er* nicht ein solcher Esel sei.
»Und er findet, alle großen Generale hätten erschossen gehört, besonders Napoleon, denn der sei der

größte, ein Verbrecher, ein Ungeheuer, für das es in der Sprache keinen angemessenen Ausdruck gebe«, schloß sich Mr. Coyle dem Gesagten an und vervollständigte damit das Bild, das der junge Lechmere gezeichnet hatte. »Er hat, wie ich sehe, Ihnen gegenüber die gleichen Perlen der Weisheit ausgestreut wie mir gegenüber. Was ich wissen möchte, ist, was *Sie* gesagt haben.«

»Ich habe gesagt, das sei Blödsinn!« Der junge Lechmere sagte das mit großem Nachdruck und war baß erstaunt, als Mr. Coyle ob dieses gerechten Urteils in ein, wie ihm schien, völlig unangemessenes Gelächter ausbrach, um dann nach einem Augenblick fortzufahren: »Das ist alles höchst merkwürdig – ich muß schon sagen, es hat was für sich. Aber es ist ein Jammer.«

»Genau das, sagte er, habe er auch gefunden, als die ganze Sache sich ihm in diesem Lichte darzustellen begann. Vor vier oder fünf Jahren, als er eine Unmenge über all diese Großen und ihre Feldzüge las – Hannibal und Julius Caesar, Marlborough, Friedrich der Große und Napoleon. Er hat wirklich wahnsinnig viel gelesen, und er behauptet, das habe ihm die Augen geöffnet. Eine Woge von Abscheu habe ihn erfaßt, sagte er. Er sprach vom ›unermeßlichen Kriegselend‹ und fragte mich, warum die Völker ihre Regierungen nicht einfach davongejagt hätten, jene Herrscher, die was für Kriege übrig hatten. Den armen alten Napoleon haßt er mehr als jeden anderen.«

»Nun, der arme alte Napoleon war ja wirklich ein Untier. Er war ein grauenhafter Rohling«, erklärte Mr. Coyle unerwartet. »Aber ich nehme an, das haben Sie nicht zugegeben.«
»Ach, ich glaube schon, daß er abscheulich war, und ich bin sehr froh, daß wir ihn aufs Kreuz gelegt haben. Aber worauf ich Wingrave hingewiesen habe, war, daß sein eigenes Verhalten zu allem möglichen Gerede Anlaß geben würde.« Der junge Lechmere zögerte einen Moment, fügte dann jedoch noch hinzu: »Ich habe ihm gesagt, er müsse sich auf das Schlimmste gefaßt machen.«
»Selbstverständlich hat er Sie gefragt, was Sie mit ›das Schlimmste‹ meinten, oder?« sagte Spencer Coyle.
»Jawohl, das hat er mich gefragt, und wissen Sie, was ich gesagt habe? Ich habe ihm gesagt, die Leute würden behaupten, alle seine Skrupel und Bedenken und seine Welle von Abscheu seien nur ein Vorwand. Darauf fragte er mich: ›Ein Vorwand für was?‹«
»Ah, damit hatte er Sie ganz schön in die Enge getrieben!« rief Mr. Coyle mit einem kleinen Lachen, aus dem sein Schüler nicht so recht schlau wurde.
»Kein bißchen – ich hab's ihm gesagt.«
»Und was haben Sie ihm gesagt?«
Abermals zögerte der junge Mann und blickte seinen Lehrer mit wissenden Augen an.
»Nun, das, worüber wir vor ein paar Stunden gesprochen haben. Daß er den Anschein erwecken würde,

nicht« – der aufrechte junge Mann zauderte einen Moment; dann brachte er es heraus – »zum Offizier geboren zu sein, wissen Sie nicht mehr? Aber wissen Sie, was er dazu sagte?« fuhr der junge Lechmere fort.

»Zum Teufel, von wegen nicht zum Offizier geboren zu sein!« entgegnete Mr. Coyle sofort.

Der junge Lechmere starrte ihn an. Mr. Coyles Ton machte ihn unsicher; er wußte nicht, ob dieser Satz auf Wingrave gemünzt war oder auf das, was er selbst gesagt hatte, doch rief er aus: »Aber genau das waren seine Worte!«

»Das ist ihm egal«, sagte Mr. Coyle.

»Vielleicht doch nicht. Aber es ist doch nicht fair, uns, seine Kameraden, zu verunglimpfen. Ich sagte ihm, Offizier zu sein sei der schönste Beruf der Welt, und daß es nichts Glänzenderes gäbe als Schneid und Heldentum.«

»Ah, damit hatten *Sie* ihn in der Ecke!«

»Ich habe ihm gesagt, es sei unwürdig, so abfällig über einen Mut erfordernden, großartigen Beruf zu urteilen. Ich habe ihm gesagt, es gäbe nichts Besseres als einen Soldaten, der seine Pflicht tut.«

»Das ist im wesentlichen der Soldat, der Sie sein werden, mein Freund.« Der junge Lechmere errötete; er war sich nicht ganz sicher (und diese Gefahr kam für ihn natürlich unerwartet), ob er in diesem Augenblick nicht vornehmlich zur Belustigung seines Lehrers da war. Doch gewann er teilweise seine Sicherheit zurück durch die Art, wie sein Freund ihm die Hand auf die Schulter legte und jovial fortfuhr: »Machen Sie weiter so! Vielleicht können wir doch etwas ausrichten. Ich bin Ihnen zu großem Dank verpflichtet.« Ein anderer Zweifel hingegen wurde nicht beschwichtigt – ein Zweifel, der ihn dazu führte, ehe das Thema ganz fallengelassen wurde, vor Mr. Coyle auszurufen: »Es ist ihm wirklich egal! Und es ist doch zu sonderbar, daß dem so ist!«

»Richtig! Aber vergessen Sie nicht, was Sie heute nachmittag gesagt haben – ich meine, daß Sie niemandem raten, *Ihnen* etwas zu unterstellen.«

»Ich glaube, den, der sich das herausnähme, würde ich zu Boden schlagen!« erklärte der junge Lechmere. Sein Lehrer war aufgestanden; die Unterhaltung hatte stattgefunden, als Mr. Coyle sich nach dem Abendessen zurückgezogen hatte und der Leiter des Etablissements seinem Schüler, dem Bedacht entsprechend, mit dem er vorging, ein Glas ausgezeichneten Rotwein vorgesetzt hatte. Der Schüler, der sich gleichfalls erhoben hatte, verweilte noch einen Moment, und zwar nicht um eines »zweiten Glases« willen, wie er es genannt haben würde, sondern um sich mit ungewohnter Sorgfalt seinen Anflug von Bart abzuwischen. Sein Gegenüber erkannte, daß er noch etwas auf dem Herzen hatte, wozu er noch einen letzten Anlauf brauchte, und wartete darauf, daß er etwas sagte, während er bereits die Hand auf der Türklinke hatte. Dann fiel Spencer Coyle, als der junge

Lechmere auf ihn zuging, eine ungewohnte Eindringlichkeit in dessen rundem und harmlosem Gesicht auf. Der Junge war nervös, bemühte sich jedoch, wie ein Mann von Welt aufzutreten. »Selbstverständlich bleibt das unter uns«, stotterte er, »und ich würde keinem Menschen gegenüber, der nicht einen so großen Anteil an dem armen Wingrave nimmt wie Sie, ein Sterbenswörtchen davon verlauten lassen. Aber meinen Sie, er hat Bammel?«
Mr. Coyle sah ihn einen Moment so durchdringend an, daß er es sicherlich mit der Angst bekam, was er da angerichtet hätte.
»Bammel? Bammel vor was?«
»Nun, vor dem, worüber wir sprechen – vorm Soldatsein.«
Der junge Lechmere schluckte ein wenig und fügte dann mit einer in Spencer Coyles Augen geradezu rührenden Naivität hinzu: »Vor den Gefahren, wissen Sie.«
»Meinen Sie, er hat Angst um seine Haut?«
Die Augen des jungen Lechmere weiteten sich flehentlich, und was sein Lehrer in seinem rosigen Gesicht las – er vermeinte sogar, eine Träne darin zu erblicken –, war die Angst vor einer Enttäuschung, die genauso groß war, wie seine Treue und seine Bewunderung groß gewesen waren.
»Hat er – hat er *Angst*?« wiederholte der aufrichtige junge Mann mit erwartungsvoll zitternder Stimme.

»Aber nein! Das nicht!« sagte Spencer Coyle und wandte ihm den Rücken zu.
Der junge Lechmere kam sich ein wenig vor den Kopf gestoßen und sogar ein wenig beschämt vor; trotzdem war ihm leichter ums Herz.

3

Nach weniger denn einer Woche erhielt Spencer Coyle ein Billett von Miss Wingrave, die London umgehend mit ihrem Neffen verlassen hatte.
Sie schlug ihm vor, für den nächsten Sonntag nach Paramore zu kommen – Owen sei schon ein sehr schwerer Brocken. An Ort und Stelle, in diesem Haus, das angefüllt sei mit Vorbildern und Erinnerungen, wozu noch ihr armer guter Vater komme, der »schrecklich aufgebracht« sei, würde es vielleicht die Mühe lohnen, sich zu einem letzten Aufgebot zusammenzutun. Zwischen den Zeilen las Mr. Coyle, daß man in Paramore inzwischen weite Strecken zurückgelegt habe, seit Miss Wingrave in der Baker Street geglaubt hatte, seine, Spencer Coyles, Verzweiflung als oberflächlich abtun zu können. Sie war keine Frau, die sich in Andeutungen erging, ging jedoch so weit, ihn um sein Kommen zu ersuchen, um einer leidgeprüften Familie einen ganz bestimmten Liebesdienst zu erweisen; außerdem schrieb sie, es würde sie alle sehr freuen, wenn Mrs. Coyle, für welche sie

eine eigene Einladung beifüge, mitkäme. Des weiteren erklärte sie, Mr. Coyles Einverständnis vorausgesetzt, schreibe sie gleichzeitig an den jungen Lechmere. Sie glaube, ein so netter, mannhafter Junge könne ihrem unseligen Neffen guttun.

Der berühmte Lehrer beschloß, die Gelegenheit beim Schopfe zu packen; mittlerweile war er auch nicht mehr wütend, sondern eher beklommen. Während er die Antwort an Miss Wingrave verfaßte, ertappte er sich dabei, wie er lächelte bei der Überlegung, daß er seinen jungen Freund im Grunde nicht angreifen, sondern verteidigen würde. Zu seiner Frau, die eine hübsche, frische, bedächtige Frau war – jemand, der viel besonnener war als er –, sagte er, sie tue gut daran, Miss Wingraves Einladung ernst zu nehmen: Paramore sei ein so außerordentlich reizvolles altes englisches Herrenhaus. Die letzte Anspielung war eher liebevoll-sarkastisch gemeint – hatte er doch die gute Dame bereits mehr als einmal beschuldigt, in Owen Wingrave verliebt zu sein.

Daraus machte sie kein Hehl, ja, sie sonnte sich geradezu in ihrer Leidenschaft; was beweist, daß dieses Thema unter ihnen sehr freimütig behandelt wurde. Sie ging auf den Scherz ein, indem sie die Einladung freudig begrüßte und annahm. Der junge Lechmere war entzückt, das gleiche zu tun; sein Lehrer hatte sich, außerordentlich gutmütig, wie er war, zu der Ansicht durchgerungen, eine kleine Abwechslung werde ihm für den Endspurt neue Kraft geben.

Was Spencer Coyle am meisten auffiel, nachdem er ein paar Stunden in dem schönen alten Haus geweilt hatte, war die Tatsache, daß die Bewohner von Paramore sich mit ihren Problemen wirklich schwertaten. Dieser sehr kurze zweite Besuch, der am Samstagabend begann, sollte eine der merkwürdigsten Episoden seines Lebens bedeuten. Sobald er mit seiner Frau allein war – sie hatten sich zurückgezogen, um sich fürs Abendessen umzukleiden –, machten sich beide gegenseitig überschwenglich, ja, fast erschrokken auf die bedrückende Atmosphäre aufmerksam, in die das ganze Anwesen getaucht war. Das Haus mit seiner alten grauen Front, die in zwei Flügeln nach vorn gezogen war, um so die drei Seiten eines gepflasterten Hofes zu bilden, war bewunderungswürdig, doch Mrs. Coyle erklärte rundheraus, hätte sie im voraus gewußt, was für einen Eindruck das alles auf sie machen würde, sie hätte keinen Fuß hineingesetzt. Sie bezeichnete es als »unheimlich« und warf ihrem Mann vor, er habe sie nicht richtig gewarnt. Einiges hatte er ihr zwar erzählt, doch als sie sich geradezu fieberhaft umzog, hatte sie ihm zahllose Fragen zu stellen. So habe er ihr ja kein Wort von dem Mädchen gesagt, dieser erstaunlichen Miss Julian – das heißt, was er ihr nicht gesagt habe, sei, daß diese junge Dame – offen gestanden doch nichts weiter als eine Abhängige – *de facto* und durch die Art, wie sie sich gab, die wichtigste Person im Hause sei. Mrs. Coyle war drauf und dran zu erklären, daß sie es hasse, wie

Miss Julian sich verhielt. Vor allem aber habe ihr Mann ihr nicht gesagt, daß sie ihren jungen Schützling hier um fünf Jahre gealtert vorfinden würden. »Das hätte ich nie für möglich gehalten«, sagte Mr. Coyle, »und auch nicht, daß die Art der Krise hier so deutlich spürbar sein würde. Zwar habe ich Miss Wingrave neulich angeraten, ernstlich Druck auf ihren Neffen auszuüben, und sie hat mich auch beim Wort genommen. Sie haben ihm den Nachschub abgeschnitten – sie versuchen, ihn auszuhungern. Aber das hatte ich nicht gemeint – allerdings muß ich heute sagen, daß ich selbst nicht genau weiß, was ich eigentlich gemeint habe. Owen spürt den Druck zwar, aber er will nicht nachgeben.« Das merkwürdige war, daß der geistig so bewegliche Erzieher jetzt, wo er hier war, innerlich noch mehr das Gefühl hatte, von einer Welle der Reaktion erfaßt worden zu sein. Wenn er hier war, dann deshalb, weil er auf der Seite des armen Owen stand. Sein eigener Eindruck und seine Befürchtungen hatten sich hier an Ort und Stelle außerordentlich verstärkt. Die Standhaftigkeit, die der Junge aufbrachte, war etwas, was anfing, ihn für sich einzunehmen. Als seine Frau bei diesem Gespräch unter vier Augen die Maske fallen ließ und sich geradezu überschwenglich lobend über die Haltung ausließ, die sein Schüler einnahm (er sei viel zu gut, um so etwas Schreckliches wie Soldat zu werden, und es zeuge von seiner edlen Gesinnung, wenn er für seine Überzeugungen bereit sei zu leiden – ob er denn nicht aufrecht dastehe wie ein junger Held und geradezu so bleich wie ein christlicher Märtyrer?), drückte die gute Dame damit nur jenes Mitgefühl aus, welches er sich unter dem Vorwand, in seinem jungen Freund so etwas wie eine seltene Ausnahme zu sehen, bereits in der eigenen Seele eingestanden hatte.

Denn vor etwa einer halben Stunde, nachdem sie in der braunen Halle des Hauses rasch ihren Tee getrunken hatten, hatte sein junger Freund ihm vorgeschlagen, vor dem Umkleiden noch einen kleinen Spaziergang zu machen, und hatte, als sie gemeinsam bis ans Ende der Terrasse gelangt waren, flehentlich die Hand auf seinen Arm gelegt, sich also eine Art und Weise der Vertraulichkeit gestattet, wie sie zwischen Schüler und Lehrer ungewöhnlich war und die darauf abzielte, ihm zu verstehen zu geben, daß er schon erraten habe, von wem er erwarten dürfe, noch am freundlichsten behandelt zu werden. Spencer Coyle seinerseits hatte auch etwas erraten, und so war er nicht allzu überrascht, als er hörte, daß der Junge ihm ein besonderes Geständnis zu machen habe. Bei ihrer Ankunft hatte er das Gefühl gehabt, daß jedem einzelnen der Bewohner von Paramore daran gelegen sei, sich als erster seiner zu bemächtigen, und er wußte, daß Jane Wingrave in diesem Augenblick durch eine der altersblind gewordenen Scheiben spähte (am Haus war so wenig getan worden, daß die dicken und nicht besonders klaren Scheiben dreihundert Jahre alt waren!), um herauszufinden, ob ihr Neffe den Eindruck mache, als vergifte er den Geist ihres Besuchers. Mr. Coyle verlor daher keine Zeit, den jungen Mann daran zu erinnern (und betont dabei zu lachen, als er es tat), daß er nicht nach Paramore heruntergekommen sei, um sich einwickeln zu lassen. Er sei vielmehr hier an diesem Ort, um von Angesicht zu Angesicht einen allerletzten Appell an ihn zu richten – und er hoffe, das wirklich nicht völlig vergeblich zu tun. Owen lächelte betrübt und fragte ihn, ob er denn meine, daß er so aussehe wie jemand, der bereit sei, sich geschlagen zu geben.

»Ich finde, Sie sehen seltsam aus – ich finde, Sie machen einen leidenden Eindruck«, sagte Spencer Coyle mit großer Aufrichtigkeit. Am Rand der Terrasse blieben sie stehen.

»Ich habe sehr standhaft sein müssen, und das hat mich ganz schön mitgenommen.«

»Ach, mein lieber Junge, ich wünschte, Sie stellten Ihre große Kraft – die Sie offenbar besitzen – in den Dienst einer besseren Sache.«

Owen Wingrave sah lächelnd auf seinen kleinen Lehrer hinab. »Das glaube ich nicht!« Und dann, um zu erklären, warum, setzte er noch hinzu: »Möchten Sie denn nicht, wenn Sie die Liebenswürdigkeit besitzen, gut von meinem Charakter zu denken, daß ich das *Äußerste* an Kraft aufbiete – und zwar in jeder Beziehung? Nun, dies ist es jedenfalls, wo ich die meiste Kraft aufbringe.«

Owen Wingrave fuhr fort zu berichten, er habe ein paar furchtbare Stunden mit seinem Großvater hinter sich, der ihn auf eine Weise verdächtige, daß einem die Haare zu Berge stünden. Zwar habe er, Owen, nicht erwartet, daß sie glücklich darüber wären, nicht im geringsten, doch habe er keine Ahnung gehabt, daß sie einen solchen Krach deshalb machen würden. Seine Tante sei anders, aber nicht weniger verletzend. Ach, sie hätten ihm zu verstehen gegeben, daß sie sich seiner schämten; sie beschuldigten ihn, vor aller Welt Schande über ihren Namen zu bringen. Er sei der einzige, der jemals gekniffen habe – der erste seit dreihundert Jahren. Jeder habe gewußt, daß er Offizier werden sollte, und jetzt werde alle Welt erfahren, daß er ein junger Heuchler sei, der plötzlich vorgebe, Skrupel zu haben. Und über diese Skrupel redeten sie, wie man nicht einmal über einen Kannibalengötzen reden würde. Sein Großvater habe ihn auf die wüsteste Weise beschimpft. »Er nannte mich – er nannte mich einen …« Hier fing der junge Mann an zu stottern, und die Stimme versagte ihm. Er sah so abgehärmt aus, wie es nur möglich war für einen jungen Mann, der sich einer so blendenden Gesundheit erfreute.
»Ich kann mir schon denken, was«, sagte Spencer Coyle und lachte nervös auf.
Gleichsam als verfolgten sie die in weiter Ferne liegenden Konsequenzen seines Verhaltens, waren Owen Wingraves Augen eine Weile ins Weite gerich-

tet. Dann begegneten sie denen seines Gegenübers und schauten diesem eine Weile tief in die Augen, als wollte er diese ausloten. »Es ist nicht wahr! Nein, das ist es nicht! *Das* ist es nicht!«

»Das nehme ich auch nicht an. Aber was schlagen Sie denn statt dessen vor?«

»Statt wessen?«

»Statt der dummen Lösung eines Krieges. Wenn Sie die ausschließen, müßten Sie doch zumindest einen Ersatz vorschlagen.«

»Das ist Sache derer, die dafür verantwortlich sind, der Regierung und des Kabinetts«, sagte Owen Wingrave. »*Die* werden in diesem bestimmten Fall über kurz oder lang zu einer anderen Lösung kommen, wenn man ihnen begreiflich macht, man würde sie aufknüpfen, wenn sie keine fänden. Man sollte das zum Kapitalverbrechen erklären – das wird den Ministern schon auf die Sprünge helfen!«

Es kam ein Leuchten in seine Augen, als er das sagte, und er machte einen zuversichtlichen und glücklichen Eindruck. Mr. Coyle stieß einen Seufzer verwirrter Resignation aus – womit er es hier zu tun hatte, das war Besessenheit. Einen Moment bildete er sich ein, Owen werde ihn fragen, ob er ihn denn nicht auch für einen Feigling halte; dann jedoch stellte er erleichtert fest, daß dieser ihm das entweder nicht zutraute oder daß es ihm gegen den Strich ging, ihn mit dieser Frage auf die Probe zu stellen. Spencer Coyle wollte sich zuversichtlich zeigen, doch irgend-

wie hatte er dann das Gefühl, daß seinem Schüler Mut zu machen, nicht zu verzweifeln, ein allzu plumpes Kompliment sei – das wäre ja geradezu, als versicherte er ihm, er zweifle nicht an seiner Ehrlichkeit. Schließlich wurde ihm diese Entscheidung dadurch erspart, daß Owen fortfuhr: »Mein Großvater kann mich zwar nicht enterben, aber ich habe nichts weiter als Paramore, das, wie Sie wissen, nur ein kleiner Besitz ist und bei dem immer geringer werdenden Pachtzins überhaupt nichts mehr abwirft. Er besitzt einiges Geld – nicht viel, aber so, wie die Dinge liegen, versagt er mir jede Unterstützung. Meine Tante tut das gleiche – sie hat mich wissen lassen, was sie zu tun gedenkt. Ursprünglich hat sie mir ihre Einnahmen von sechshundert Pfund im Jahr hinterlassen wollen. Das war alles geregelt; aber jetzt steht fest, daß ich keinen Penny bekomme, wenn ich nicht Offizier werde. Um ehrlich zu sein, muß ich zugeben, daß ich von seiten meiner Mutter noch dreihundert Pfund im Jahr habe. Und es ist die reine Wahrheit, wenn ich Ihnen sage, daß mir der Verlust des Geldes nichts, aber auch gar nichts ausmacht.« Der Junge stieß einen unterdrückten langgedehnten Seufzer aus wie ein waidwundes Tier; dann fügte er noch hinzu: »*Das* ist es nicht, was mich quält.«
»Was gedenken Sie denn zu tun?« fragte Spencer Coyle.
»Das weiß ich nicht; vielleicht nichts. Nichts Bedeutendes jedenfalls. Nur etwas Friedliches.«

Owen setzte ein mattes Lächeln auf, als sei er trotz all seines Kummers noch imstande zu begreifen, wie lachhaft sich eine solche Erklärung aus dem Mund eines Wingrave ausnehmen müsse; was sein Lehrer jedoch darin las, der mit dem Gefühl zu ihm aufblickte, schließlich sei Owen nicht umsonst ein Wingrave und beweise trotz allem und bei allem Beschuß so etwas wie soldatische Standhaftigkeit, war, daß eine auf diese Weise zum Ausdruck gebrachte Haltung – für seine Familie das Allerletzte und Allerschimpflichste – seinen Großvater und seine Tante zur Verzweiflung getrieben haben mußte. »Vielleicht nichts« – wo er doch eine große Tradition hätte fortführen können! Nein, schwach war er nicht; und er war interessant. Trotzdem gab es einen Gesichtspunkt, unter dem er eine Provokation war. »Was ist es denn dann, was Sie bekümmert?« wollte Spencer Coyle wissen.
»Ach, das Haus – seine Atmosphäre, all das, was es ausstrahlt. Es gibt merkwürdige Stimmen darin, die mich leise zu bedrängen scheinen – mir entsetzliche Dinge sagen, wenn ich vorübergehe. Ich meine, ganz allgemein das Wissen darum und die Verantwortung für das, was ich tue. Selbstverständlich ist es mir nicht leichtgefallen – alles andere als das! Ich versichere Ihnen, daß mir das durchaus keinen Spaß macht.« Mit einem Feuer in den Augen, das verriet, wie sehr er sich danach sehnte, daß ihm Gerechtigkeit widerfuhr, senkte Owen noch einmal den Blick in die Augen des kleinen Erziehers; dann fuhr er fort:

»Ich habe all die alten Geister aufgeschreckt. Selbst die Ahnenbilder an der Wand blicken mich finster an. Da ist eines von meinem Ururgroßvater (demjenigen, von dem es diese unerhörte Geschichte gibt, die Sie ja kennen – der alte Bursche, der auf dem zweiten Treppenabsatz hängt), das sich geradezu auf seiner Leinwand bewegt – einfach ein bißchen die Brust hebt –, wenn ich nur in die Nähe komme. Ich muß die Treppen rauf und runter – und das ist schon sehr unangenehm! Es ist das, was meine Tante den Familienkreis nennt. All das ist hier verkörpert, bildet eine Art von unzerstörbarer Gegenwärtigkeit, erstreckt sich bis weit in die Vergangenheit hinein, und als ich neulich hierher mit ihr zurückkam, sagte sie mir, ich würde ja wohl nicht die Stirn haben, inmitten dieses Kreises zu stehen und solche unmöglichen Dinge zu sagen. Dabei *mußte* ich sie meinem Großvater sagen; aber jetzt, wo ich es getan habe, scheint es mir, ist die Frage erledigt. Ich möchte fortgehen – es ist mir gleichgültig, ob ich je wiederkomme oder nicht.«

»Ach, Sie sind ein echter Soldat – Sie müssen es ausfechten!« Mr. Coyle lachte.

Der junge Mann schien angesichts solch leichtfertigen Tons enttäuscht, doch als sie kehrtmachten und zurückgingen in die Richtung, aus der sie gekommen waren, stahl sich auch ihm nach einer Weile ein Lächeln auf die Lippen, und er erwiderte: »O ja, wir sind belastet – alle.«

Schweigend legten sie einen Teil des Wegs zurück,

der zum alten Säulengang führte; dort blieb Spencer Coyle, nachdem er sich vergewissert hatte, daß sie noch weit genug vom Haus entfernt waren, um nicht gehört zu werden, stehen und stellte ihm unversehens die Frage: »Was sagt denn Miss Julian?«

»Miss Julian?« Owen war sichtlich errötet.

»Ich bin sicher, *sie* hat bestimmt nicht mit ihrer Meinung hinterm Berg gehalten.«

»Ach, sie vertritt die Meinung des Familienkreises, denn natürlich gehört sie dazu. Aber dann hat sie auch noch ihre eigene.«

»Ihre eigene Meinung?«

»Ihre eigene Familie.«

»Meinen Sie ihre Mutter – diese leidgeprüfte Dame?«

»Eigentlich meine ich mehr ihren Vater, der auf dem Schlachtfeld gefallen ist. Und ihren Großvater und *dessen* Vater und ihre Onkel und Großonkel – sie sind alle auf dem Schlachtfeld gefallen.«

»Genügte es denn nicht – so viele Menschenleben zu opfern? Warum sollte sie *Sie* opfern?«

»Ach, mich *haßt* sie!« erklärte Owen, als sie ihren Weg wiederaufnahmen.

»Ach, der Haß, den schöne junge Frauen für hübsche junge Männer hegen!« rief Spencer Coyle aus.

Er glaubte es nicht, seine Frau hingegen sehr wohl, wie sich unmißverständlich herausstellte, als er ihr, wie berichtet, im Laufe ihrer Unterhaltung beim Umkleiden von diesem Gespräch erzählte. Mrs. Coyle hatte bereits herausgefunden, daß nichts niederträchtiger war als die Art, mit der Miss Julian während der halben Stunde gezeigt hatte, die sie alle unten in der Halle verbracht hatten, wie sie mit dem in Ungnade Gefallenen umsprang. Nach Ansicht dieser Dame hatte man keine Augen im Kopf, wenn man nicht erkannte, daß sie bereits auf empörende Weise dem jungen Lechmere verliebte Augen mache. Es sei ein Jammer, daß sie diesen dummen Burschen mitgebracht hätten: er sei im Augenblick unten bei ihr in der Halle. Spencer Coyle sah das anders: Er meinte, man müsse da feinere Unterscheidungen machen. Die Stellung, welche besagte junge Dame im Hause einnehme, wäre unerklärlich, es sei denn, sie beruhe darauf, daß sie bereits für Miss Wingraves Neffen ins Auge gefaßt sei. Als Nichte von Miss Wingraves eigenem unglücklichen Verlobten sei sie schon zu einem frühen Zeitpunkt von dieser Dame auserwählt worden, durch eine Vereinigung mit Owen jenen tragischen Wortbruch zu überbrücken, der ihre Altvorderen auseinandergebracht habe; und wenn man dem entgegenhalten wollte, eine junge Frau mit ein bißchen Mut könne sich unmöglich damit abfinden, daß ihre Pflicht ihr keine andere Möglichkeit lasse, als ja und amen dazu zu sagen, so war Owens verständnisvoller Freund rasch mit dem Argument bei der Hand, eine junge Person in Miss Julians Stellung könne einfach keine solche Närrin sein, sich eine so großartige Chance zu verbauen. Sie kenne Paramore und fühle sich sicher; folglich könne sie sich den Spaß erlauben, so zu tun, als stehe ihr doch eine andere Möglichkeit offen. All das sei nichts als harmlose Koketterie. Sie besitze einen eigenartigen Charme, und es sei töricht, so zu tun, als wäre der Erbe des Hauses für ein achtzehnjähriges Mädchen nicht gut genug, und sei es noch so klug. Mrs. Coyle erinnerte ihren Mann daran, daß der arme junge Mann in diesem Augenblick eben *nicht* zum Haus gehöre: dieses Problem sei ja eine jener Fragen gewesen, mit denen die beiden Männer sich herumgeschlagen hätten, nachdem sie ihren Spaziergang auf der Terrasse wiederaufgenommen hatten. Spencer Coyle erzählte seiner Frau, Owen habe Angst vor dem Porträt seines Ururgroßvaters. Und da es ihr nicht aufgefallen sei, werde er, Spencer, es ihr auf dem Weg nach unten zeigen.

»Warum denn vor seinem Ururgroßvater mehr als vor irgendeinem von den anderen?«

»Oh, weil er der furchteinflößendste von allen ist. Er ist derjenige, der manchmal erscheint.«

»Wo erscheint?«

Mrs. Coyle war mit einem Ruck herumgefahren.

»In dem Zimmer, in dem man ihn tot auffand – das Weiße Zimmer haben sie es immer genannt.«

»Willst du damit sagen, hier in diesem Haus geht ein *Geist* um?« entfuhr es Mrs. Coyle beinahe kreischend. »Und du hast mich hierhergebracht, ohne mir das zu sagen?«

»Habe ich es denn nicht schon nach meinem ersten Besuch erwähnt?«

»Mit keinem Wort. Du hast immer nur von Miss Wingrave erzählt.«

»Ach, ich war doch ganz erfüllt von der Geschichte – du hast das bloß vergessen.«

»Dann hättest du mich daran erinnern müssen.«

»Wenn es mir eingefallen wäre, hätte ich den Mund gehalten, denn dann wärest du ja nicht mitgekommen.«

»Ich wünschte wahrhaftig, ich hätte es nicht getan!« rief Mrs. Coyle. »Was ist das denn für eine Geschichte?«

»Ach, die Geschichte einer Gewalttat, die sich hier vor langer, langer Zeit zugetragen hat. Ich glaube, es war noch unter der Regierung von George I. Colonel Wingrave, einer ihrer Vorfahren, erschlug in einer Aufwallung von Leidenschaft eines seiner Kinder, einen heranwachsenden Burschen; er versetzte ihm einen Schlag auf den Kopf, an dem der unglückliche Junge starb. Damals hat man die Sache vertuscht – man schützte irgendeine andere Ursache vor. Der Junge wurde in einem der Zimmer auf der anderen Seite des Hauses aufgebahrt und, obwohl sonderbare Gerüchte umliefen, in aller Eile begraben. Am nächsten Morgen, als die Bewohner des Hauses sich versammelten, fehlte Colonel Wingrave; man suchte vergebens nach ihm, bis zuletzt jemandem einfiel, vielleicht wäre er in jenem Zimmer, aus dem heraus sein Kind zu Grabe getragen worden war. Der Suchende klopfte, erhielt aber keine Antwort – dann machte er die Tür auf. Colonel Wingrave lag tot auf dem Boden, vollständig bekleidet, als ob er getaumelt und auf den Rücken gefallen wäre, ohne Wunde, ohne ein Mal, ohne irgendein Anzeichen in seiner äußeren Erscheinung, daß es einen Kampf gegeben oder daß er gelitten hätte. Er war ein kräftiger, gesunder Mann gewesen – die Katastrophe schien durch nichts gerechtfertigt. Man nimmt an, daß er am Abend vorm Schlafengehen in das Zimmer gegangen ist, vielleicht aus Reue oder wie gebannt von dem grauenhaften Geschehen. Erst danach kam die Wahrheit mit dem Jungen heraus. Aber es hat nie wieder jemand in dem Zimmer geschlafen.«

Mrs. Coyle war blaß geworden.

»Das will ich aber auch meinen! Gott sei Dank, daß sie *uns* nicht dort untergebracht haben.«

»Wir sind ziemlich weit davon entfernt; aber ich habe einen Blick in dieses Schreckenszimmer geworfen.«

»Soll das etwa heißen, du bist *darin* gewesen?«

»Nur wenige Augenblicke. Sie sind sogar stolz darauf, und mein junger Freund zeigte es mir, als ich das erste Mal hier war.«

Mrs. Coyle starrte ihn an. »Und wie sieht es aus?«

»Wie ein unbewohntes, altmodisches Schlafzimmer, ziemlich groß, mit den Möbeln ›der Zeit‹ darin. Es ist vom Fußboden bis zur Decke mit Holz getäfelt, und die Paneele sind offenbar vor sehr, sehr langer Zeit einmal weiß gestrichen worden. Allerdings ist die Farbe im Laufe der Zeit nachgedunkelt, und es gibt

drei oder vier merkwürdige kleine alte ›Farbproben‹ unter Glas darin.«
Mrs. Coyle schaute sich erschauernd um. »Bin ich aber froh, daß hier keine ›Farbproben‹ sind! So etwas Gruseliges habe ich noch nie gehört! Komm runter zum Essen.«
Als sie die Treppe hinuntergingen, zeigte ihr Mann ihr das Porträt von Colonel Wingrave – eine für den Ort und die Zeit recht lebendige Darstellung eines Gentleman mit hartem, schönem Gesicht und rotem Rock und Perücke. Mrs. Coyle erklärte, sein Nachkomme, Sir Philip, sähe ihm auf wunderbare Weise ähnlich; und ihr Gatte konnte sich lebhaft vorstellen, wenn er das auch für sich behielt, daß, wenn man den Mut aufbrachte, nachts durch die alten Korridore von Paramore zu streifen, man dabei einer Gestalt begegnen könne, die gleich ihm unerbittlich Hand in Hand mit der Gestalt eines hochaufgeschossenen Knaben einherwandelte. Während er mit seiner Frau den Weg zum Wohnzimmer fortsetzte, wünschte er plötzlich, er hätte mehr darauf gedrängt, daß sein Schüler nach Eastbourne fuhr. Allerdings schien der Abend dazu angetan, alle wunderlichen Vorahnungen zu zerstreuen, denn die Düsternis des Familienkreises, wie Spencer Coyle ihn sich vorgestellt hatte, wurde gemildert durch ein paar Leute »aus der Nachbarschaft«, welche man eingeladen hatte. Die Gesellschaft an der Dinnertafel bestand aus zwei lustigen Paaren – eines davon der Pfarrer und seine Frau – sowie einem

schweigsamen jungen Mann, der zum Angeln heruntergekommen war. Das war für Mr. Coyle geradezu eine Erleichterung, denn er hatte sich schon gefragt, was man denn eigentlich von ihm erwarte und warum er wohl ein solcher Esel gewesen sei, herzukommen, und der jetzt meinte, daß man sich zumindest für die nächsten paar Stunden nicht mit dem Problem beschäftigen müsse. Wie schon zuvor, hatte er genug damit zu tun, die verschiedenen Symptome zu deuten, welche die gesellschaftliche Szene um ihn herum zum Ausdruck brachten. Wenn nicht alles täuschte, würde er morgen einen ziemlich aufregenden und wenig angenehmen Tag erleben; er ahnte bereits im voraus die Schwierigkeiten des langen, nach ländlichen Gepflogenheiten verbrachten Sonntags und vermeinte so etwas wie einen Vorgeschmack auf die Vorstellungen der nüchternen Jane Wingrave zu spüren, die erst bei der Unterhaltung mühevoll eine nach der anderen zum Vorschein kommen würden. Gewiß würden sie und ihr Vater ihm zu verstehen geben, daß sie, was das Unmögliche betraf, ganz allein auf ihn angewiesen seien; falls sie aber auch noch versuchen sollten, ihn für eine engstirnige Vorgehensweise einzuspannen, ließ es sich möglicherweise nicht mehr umgehen, ihnen reinen Wein einzuschenken – was nicht unbedingt ein Fehler zu sein brauchte. Im Augenblick verfolgte der alte Mann offenbar den Plan, seine Freunde spüren zu lassen, daß es ihnen gutgehe. Die Anwesenheit des großen Londoner

Erziehers war Ausdruck des unumstößlichen Glaubens daran, wie das bevorstehende Examen ausgehen würde. Zu Spencer Coyles Überraschung hatte man Owen offensichtlich das Versprechen abgenommen, nichts zu tun, was den Anschein von Harmonie stören könnte. Er ließ alle Anspielungen auf seine harte Arbeit unwidersprochen, hielt, was seine persönlichen Angelegenheiten betraf, den Mund und plauderte liebenswürdig mit den Damen, als wäre er keineswegs »abgeschnitten«. Als Spencer Coyle ein- oder zweimal über den Tisch hinweg zu ihm hinüberblickte und seinen Augen begegnete, erkannte er darin eine nicht in Worte zu fassende Leidenschaftlichkeit, gleichzeitig in seinem lachenden Gesicht etwas Rührendes, aus dem er nicht so recht schlau wurde: Man konnte nicht umhin, Mitleid für ein Lämmchen zu empfinden, das so offensichtlich ausersehen war, geopfert zu werden. »Hängt ihn – welch ein Jammer, daß er ein so guter Kämpfer ist!« sprach er seufzend bei sich, und daß es diesen Worten an Logik gebrach, wäre nur eine oberflächliche Feststellung gewesen. Dieser Gedanke hätte ihn jedoch länger gefangengenommen, wäre nicht ein so großer Teil seiner Aufmerksamkeit Kate Julian gewidmet gewesen, die ihm jetzt, da er sie direkt vor sich hatte, als eine bemerkenswerte, möglicherweise sogar als eine faszinierende junge Frau erschien. Ihre Faszination beruhte nicht auf besonderer Schönheit; denn wenn sie mit ihren Mandelaugen, ihrem prachtvollen Haar und ihrer alles andere als schüchternen und originellen Art auch durchaus hübsch war – er kannte manchen rosigeren Teint und Züge, die ihm besser gefielen; diese Faszination beruhte vielmehr auf dem seltsamen, von ihr vermittelten Eindruck, genau jene Art von Mensch zu sein, die man in ihrer Stellung und aufgrund ganz allgemeiner Gebote, etwa der Klugheit und vielleicht auch des Anstands, bei ihr gerade nicht erwartet hätte. Sie war, was man gewöhnlich eine Abhängige nannte – jemand, der arm war, den man begönnerte und duldete; aber etwas in ihrem Aussehen und in ihrer Art, sich zu geben, deutete darauf hin, daß sie, wenn sie schon eine untergeordnete Stellung einnahm, gleichsam um das wettzumachen, über Vorsicht und Untertänigkeit erhaben war. Nicht, daß sie aggressiv gewesen wäre, dazu war sie zu gelassen; es war vielmehr so, als ob sie, da sie weder etwas zu gewinnen noch zu verlieren hatte, sich leisten könne zu tun, was sie wollte. Spencer Coyle vermeinte zu spüren, daß mehr an ihr daran war, als sie selbst wahrhaben wollte; was immer es war, Spencer Coyle hatte jedenfalls noch nie eine junge Frau erlebt, die weniger darauf bedacht gewesen wäre, auf der richtigen Seite zu stehen. Er konnte nicht umhin, sich zu fragen, wie wohl Jane Wingrave und eine Mitbewohnerin wie diese friedlich miteinander auskamen; doch solche Fragen waren selbstverständlich ein weites Feld. Vielleicht spielte Kate Julian sich ihrer Gönnerin gegenüber sogar als die eigentliche Herrin auf.

Bei seinem ersten Besuch in Paramore hatte er den Eindruck gewonnen, daß das Mädchen, sofern Sir Philip auf ihrer Seite stand, mit dem Rücken zur Wand kämpfen könne. Sie erheiterte Sir Philip; sie bezauberte ihn; er mochte offensichtlich Menschen, die keine Angst hatten; zwischen ihm und seiner Tochter herrschte überdies kein Zweifel, wer der Ranghöhere war. Miss Wingrave nahm viele Dinge als selbstverständlich und unabdingbar hin – vor allem die Strenge der Zucht und das Schicksal von Besiegten und Gefangenen.

Doch welch merkwürdige Beziehung mochte sich zwischen ihrem klugen Jungen und dieser originellen Gefährtin seiner Kindheit entsponnen haben? Eine gleichgültige wohl kaum; doch konnte sie, da es sich um glückliche, schöne junge Menschen handelte, auch nicht gerade von Abneigung geprägt sein. Sie waren zwar nicht *Paul et Virginie*, aber sie mußten ihren gemeinsamen Sommer und ihre Idylle erlebt haben; für ein reizendes Mädchen gab es keinen Grund, einen so reizenden Burschen nicht zu mögen, es sei denn, er mochte *sie* nicht, und kein reizender Bursche konnte einer solchen Nähe widerstanden haben. Mr. Coyle erinnerte sich in der Tat, von Mrs. Julian gehört zu haben, daß die beiden nicht immer zusammen gewesen seien; schließlich sei ihre Tochter im Internat und auch Owen nicht immer daheim gewesen; außerdem waren da ihre Besuche bei den paar wenigen Freunden gewesen, welche die Freundlich-

keit besessen hatten, sie von Zeit zu Zeit »zu nehmen«; des weiteren ihre Aufenthalte in London – die zuwege zu bringen so schwierig seien, wiewohl man das mit Gottes Hilfe immer wieder geschafft habe – um der »Gelegenheiten« willen, die sich dort böten, um Zeichnen und Singen zu lernen, insbesondere zu zeichnen oder vielmehr zu malen, mit Ölfarben, womit sie glänzenden Erfolg gehabt habe. Die gute Dame hatte aber auch erwähnt, daß die jungen Leute wie Bruder und Schwester seien, und damit wiesen sie denn doch eine gewisse Parallele zu Paul und Virginie auf.
Mrs. Coyle hatte recht gehabt, und es ließ sich nicht leugnen, daß Virginia ihr Möglichstes tat, um dem jungen Lechmere die Zeit auf angenehme Art zu vertreiben. Es herrschte keine so angeregte Unterhaltung, daß es Mr. Coyle Mühe gekostet hätte, über diese Dinge nachzusinnen, denn vor allem dank der anderen Gäste kamen keine ungewöhnlichen Themen auf; man neigte vielmehr dazu, Anekdoten zu wiederholen und von Pachtzins zu reden – Themen, die so nahe beieinanderlagen wie unruhige Tiere, die sich aneinanderdrängten. Deutlich wurde ihm bewußt, wie sehr seinen Gastgebern daran gelegen war, daß der Abend vorüberging, als wäre nichts geschehen; was ihm wiederum verriet, wie groß ihr heimlicher Groll sein mußte. Noch vor dem Ende des Essens stellte er fest, daß er seines anderen Schülers wegen unruhig wurde. Der junge Lechmere hatte, seitdem er begonnen hatte, für die Aufnahmeprüfung

zu pauken, alle Erwartungen erfüllt; doch das vermochte seinen Lehrer nicht davon abzuhalten festzustellen, daß er in Augenblicken der Entspannung so unschuldig war wie ein neugeborenes Kind. Mr. Coyle hatte gedacht, die Freuden von Paramore würden ihm Anreiz für neues Streben sein, und das Verhalten des jungen Mannes bewies, wie recht er mit seiner Vorhersage gehabt hatte.
Der Anreiz wurde unmißverständlich verabreicht; er hatte sich in der Form einer Enthüllung eingestellt. Das strahlende Gesicht des jungen Lechmere verkündete mit einer Freimütigkeit, die fast etwas Mitleidheischendes hatte oder zumindest die Bitte enthielt, ihn nicht lächerlich zu finden, daß ihm jemand wie Miss Julian noch nie begegnet war.

4

Nach dem Abendessen ergab sich für die junge Dame Gelegenheit, sich Spencer Coyle zu nähern.
Lächelnd stand sie einen Moment vor ihm und öffnete und schloß ihren Fächer; dann hob sie ihre eigenartigen Augen und sagte unvermittelt: »Ich weiß, weshalb Sie gekommen sind, aber es hat keinen Zweck.«
»Ich bin gekommen, mich ein bißchen um *Sie* zu kümmern. Hat das auch keinen Zweck?«
»Sehr liebenswürdig. Aber um mich geht es nicht. Sie werden bei Owen nichts ausrichten.«

Spencer Coyle zögerte einen Augenblick.
»Und was werden Sie bei seinem jungen Freund ausrichten?«
Sie starrte ihn an und blickte sich dann um.
»Mr. Lechmere? Ach, der Ärmste! Wir haben über Owen gesprochen. Er bewundert ihn so.«
»Das tue ich auch. Vielleicht sollte ich Ihnen das sagen.«
»Das tun wir alle. Deshalb sind wir ja gerade alle so verzweifelt!«
»Dann möchten Sie persönlich also, daß er Offizier wird?« erkundigte sich Spencer Coyle.
»Es ist mein Herzenswunsch! Ich liebe die Armee und habe meinen alten Spielkameraden furchtbar gern«, erklärte Miss Julian.
Mr. Coyle erinnerte sich, von dem jungen Mann etwas anderes gehört zu haben, hielt es aber für richtiger, nicht weiter in das Mädchen zu dringen. »Es ist eigentlich unvorstellbar, daß Ihr alter Spielkamerad nicht auch Sie sehr gern haben sollte. Deshalb muß ihm daran gelegen sein, Ihnen zu gefallen; ich begreife eigentlich nicht, warum Sie beide sich da nicht einigen können.«
»Mir zu gefallen!« rief Miss Julian aus. »Leider muß ich sagen, daß ich davon nichts merke. Er hält mich für ein freches Ding! Ich habe ihm gesagt, was ich von *ihm* halte, und er haßt mich einfach.«
»Aber Sie sind doch so hochherzig! Sie haben mir gerade eben gesagt, Sie bewundern ihn!«

»Seine Begabung, seine Möglichkeiten, jawohl; sogar sein Aussehen, wenn Sie gestatten, daß ich so etwas sage. Aber sein augenblickliches Verhalten kann ich unmöglich bewundern.«
»Haben Sie sich mit ihm darüber ausgesprochen?« fragte Spencer Coyle.
»Aber ja, ich habe es gewagt, ganz offen mit ihm zu reden – der Anlaß schien das zu entschuldigen. Was ich ihm gesagt habe, kann ihm unmöglich gefallen haben.«
»Was haben Sie denn gesagt?«
Miss Julian überlegte eine Weile und öffnete und schloß wieder ihren Fächer.
»Nun, daß sich ein solches Verhalten für einen Gentleman nicht ziemt.«
Nachdem sie gesprochen hatte, begegneten ihre Augen denen Spencer Coyles, der darauf in rätselhafte Tiefen blickte.
»Liegt Ihnen denn so sehr daran, ihn in den Tod zu schicken?«
»Wie sonderbar, daß ausgerechnet Sie so etwas sagen!« hielt sie ihm lachend entgegen. »Ich begreife Ihren Beruf nicht; ich dachte, der wäre, junge Leute zu Soldaten auszubilden!«
»Sie sollten meinen kleinen Scherz richtig verstehen! Aber was Owen Wingrave betrifft, so bedarf es da keiner ›Ausbildung‹«, fügte Mr. Coyle hinzu. »Für meine Begriffe« – der kleine Erzieher hielt einen Augenblick inne, als gehe ihm erst in diesem Augen-

blick richtig auf, was dieses Paradoxon bedeutete –, »für meine Begriffe ist er – im höchsten Sinne – ein Kämpfer!«

»Ach, soll er das doch beweisen!« rief das Mädchen aus und wandte sich ab.

Spencer Coyle ließ sie gehen; die Art und Weise, wie sie gesprochen hatte, verdroß ihn, ja, erboste ihn sogar ein wenig. Offenbar hatte es eine heftige Auseinandersetzung zwischen den jungen Leuten gegeben, und als er darüber nachdachte, daß ihn das im Grunde nichts angehe, machte ihn das womöglich noch ärgerlicher. Er weilte immerhin in einem Haus von Militärs, und sie war zumindest ein Mädchen, dessen Ideal von Männlichkeit (junge Mädchen hatten zweifellos immer ein Männlichkeitsideal) im Typ des Kriegers in Uniform verkörpert war. Das war eine Vorliebe wie jede andere; doch selbst nach einer Viertelstunde, als er dem jungen Lechmere begegnete, der diesen Typus ja durchaus verkörperte, war Spencer Coyle immer noch so durcheinander, daß er den unschuldigen jungen Burschen mit einer gewissen magisterhaften Trockenheit ansprach. »Sie sollten nicht noch so spät auf sein. Deshalb habe ich Sie nicht mit nach hier genommen.« Die Essensgäste waren dabei, sich zu verabschieden, und die Kerzen für die Schlafgemächer standen unmißverständlich aufgereiht flakkernd bereit. Der junge Lechmere war jedoch verständlicherweise viel zu angeregt, als daß er für solchen Wink empfänglich gewesen wäre; er war in

Gedanken mit etwas beschäftigt, was ihm fast so etwas wie ein Grinsen entlockte.
»Ich würde sehr gern zu Bett gehen. Wissen Sie, daß hier ein schrecklich komisches Zimmer ist?«
»Man hat Sie doch gewiß nicht *darin* untergebracht?«
»Aber nein! Darin hat seit einer Ewigkeit kein Mensch mehr die Nacht verbracht. Aber genau das würde ich gern tun – das müßte wahnsinnig aufregend sein.«
»Und haben Sie versucht, Miss Julian darum zu bitten?«
»Ach, *die* hat darüber nicht zu befinden, sagt sie. »Aber sie glaubt daran und behauptet, kein Mann würde das wagen!«
»Kein Mann *sollte* das! Ein Mann in Ihrer kritischen Situation vor allem sollte nachts ruhig schlafen!« sagte Spencer Coyle.
Der junge Lechmere stieß einen enttäuschten, aber einsichtigen Seufzer aus.
»Ach, schon gut. Aber darf ich denn wenigstens noch auf eine Zigarette zu Wingrave hinauf? Ich hab' noch keine geraucht.«
»Solange es bei einer bleibt!«
Er spürte eine Hand auf seiner Schulter, und als er sich umdrehte, tropfte seine Frau Kerzenwachs auf seinen Rock. Die Damen begaben sich zur Ruhe; es war die Stunde, in der Sir Philip gewohnt war, zu Bett zu gehen; doch Mrs. Coyle gestand ihrem Mann, nach den schaurigen Dingen, die er ihr erzählt habe,

weigere sie sich einfach, auch nur für einen Augenblick irgendwo im Haus allein zu bleiben. Er versprach ihr, gleich nachzukommen, und nach etwas altfränkischem Händeschütteln entfernten die Damen sich mit raschelnden Röcken. Die Form wurde in Paramore so mutig gewahrt, als gäbe es in dem alten Haus im Augenblick keinen Kummer. Die einzige, bei welcher Spencer Coyle auffiel, daß sie sich dieser Sitte ihm gegenüber nicht anschloß, war Kate Julian. Sie würdigte ihn weder eines Wortes noch eines Blicks, doch sah er, daß sie Owen Wingrave streng ansah. Ihre schüchterne und mitleidige Mutter war anscheinend der einzige Mensch, der diesen jungen Mann mit einem leichte Kopfnicken bedachte. Miss Wingrave wies die drei Damen – eine kleine Prozession von flackernden Kerzen – die breite Eichentreppe hinauf und an dem Bildnis ihres vom Schicksal geschlagenen Ahnherrn vorüber. Sir Philips Kammerdiener erschien und bot dem alten Herrn den Arm, und dieser kehrte dem armen Owen einen kerzengeraden Rücken zu, als dieser eine vage Bewegung machte, ihm diesen Dienst zu erweisen. Später erfuhr Spencer Coyle, ehe Owen sich jede Gunst verscherzt hätte, sei es, wenn er daheim war, stets sein Vorrecht gewesen, seinen Großvater feierlich zur Ruhe zu geleiten. Jetzt hatte Sir Philip seine Gewohnheiten voller Verachtung geändert. Seine Gemächer lagen im Erdgeschoß, und mit Hilfe des Kammerdieners schlurfte er steif dorthin, nachdem er zuvor seinem verantwortungsvollsten Gast einen Moment bedeutsam jenes intensive Aufleuchten – gleich dem von Glut, in der gestochert wurde – hatte zuteil werden lassen, das seine Augen in so krassem Widerspruch zu seinem sonst so milden Wesen erscheinen ließ. Dieses Aufleuchten schien Spencer Coyle zu bedeuten: »Morgen kann der junge Bösewicht etwas erleben!« Man hätte meinen können, der junge Bösewicht, der sich mittlerweile ans andere Ende der Halle begeben hatte, müßte wenigstens einen Scheck gefälscht haben. Mr. Coyle beobachtete ihn einen Augenblick, sah, wie er sich nervös auf einen Stuhl fallen ließ und dann voller Unruhe wieder aufstand. Die gleiche Bewegung brachte ihn zurück an die Stelle, an der sein Lehrer stand und dem jungen Lechmere noch eine letzte Ermahnung zuteil werden ließ.

»Ich gehe jetzt schlafen, aber mir liegt ganz besonders daran, daß Sie sich an das halten, was ich Ihnen vorhin gesagt habe. Rauchen Sie noch eine Zigarette mit Ihrem Freund hier, und dann gehen Sie bitte auf Ihr Zimmer. Sie bekommen es mit mir zu tun, falls ich höre, daß Sie während der Nacht noch etwas angestellt haben!« Der junge Lechmere, der – die Hände in den Taschen – verlegen die Augen senkte, schwieg – er spielte nur mit der Fußspitze an der Ecke eines Teppichs herum; so daß Spencer Coyle, mit solch schweigender Zustimmung nicht recht zufrieden, schließlich zu Owen weiterging: »Ich muß

Sie bitten, diesen überempfindlichen Burschen nicht lange aufzuhalten – sondern ihn vielmehr zu Bett zu bringen und seine Tür hinter ihm abzuschließen.« Als Owen ihn einen Moment anstarrte, weil er den Grund für diese Bitte offensichtlich nicht begriff, fügte er noch hinzu: »Lechmere beweist eine krankhafte Neugierde wegen einer Ihrer Familienlegenden – eines Ihrer historischen Zimmer. Ersticken Sie die endlich im Keim.«

»Ach, die Legende ist nicht schlecht – aber das Zimmer ist, fürchte ich, eine ziemliche Enttäuschung!« Owen lachte.

»Du weißt doch, daß *du* das selbst nicht glaubst«, rief der junge Lechmere aus.

»Und ich glaube das auch nicht«, erklärte Mr. Coyle, als er merkte, daß Owen rote Flecken im Gesicht bekam.

»Er würde es nicht wagen, selbst eine Nacht darin zuzubringen«, fuhr der junge Lechmere fort.

»Ich weiß, wer dir das gesagt hat«, erklärte Owen und zündete sich auf Verlegenheit verratende Weise an einer Kerze eine Zigarette an, ohne einem der beiden anderen eine anzubieten.

»Na und, wenn sie das nun wirklich getan hat?« fragte der seinerseits rot angelaufene jüngere der beiden.

»Willst du die übrigens alle allein für dich behalten?« fügte er noch spaßhaft hinzu und fingerte in dem Zigarettenkästchen herum.

Owen Wingrave rauchte nur ruhig; dann rief er aus:

»Ja – und wenn sie es schon getan hat! Aber sie weiß es nicht!« fügte er dann noch hinzu.
»Weiß was nicht?«
»Überhaupt nichts weiß sie! – Ich werde ihn zu Bett bringen!« fuhr Owen für Mr. Coyle bestimmt fröhlich fort, der sah, daß seine Anwesenheit jetzt, da ein gewisser Ton zwischen den beiden angeschlagen worden war, die jungen Männer mit Unbehagen erfüllte. Zwar reizte ihn seine Neugier, doch herrschte zwischen den Freunden jene Diskretion, deren selbst sich zu befleißigen er immer vorgab; eine Diskretion, die ihn, ehe er nach oben ging, freilich nicht daran hinderte, ihnen zu empfehlen, keine Esel zu sein.
Oben an der Treppe stieß er zu seiner Verwunderung auf Miss Julian, die offenbar im Begriff stand, noch einmal hinunterzugehen. Weder hatte sie angefangen, sich auszuziehen, noch brachte es sie offenbar in Verlegenheit, ihn zu sehen. Nichtsdestotrotz ließ sie, und das stand im Widerspruch zu der Entschiedenheit, mit der sie ihn zehn Minuten zuvor behandelt hatte, als wäre er Luft, die Worte fallen: »Ich gehe nach unten, weil ich etwas suchen muß. Ich habe ein Schmuckstück verloren.«
»Ein Schmuckstück?«
»Einen recht wertvollen Türkis, aus meinem Medaillon. Es ist das einzige Schmuckstück, welches zu besitzen ich die Ehre habe …« Damit ging sie hinunter.
»Soll ich mitkommen und Ihnen suchen helfen?« fragte Spencer Coyle.

Ein paar Stufen unter ihm blieb das Mädchen stehen und nickte aus ihren Mandelaugen zu ihm hinauf.

»Höre ich nicht Stimmen unten in der Halle?«

»Unsere bemerkenswerten jungen Männer sind noch unten.«

»Dann werden die mir helfen.« Damit stieg Kate Julian weiter die Treppe hinunter.

Spencer Coyle war versucht, ihr zu folgen, entsann sich dann jedoch seines gebotenen Taktes und ging zu seiner Frau in ihrem Zimmer. Allerdings zögerte er das Ins-Bett-Gehen noch hinaus; zwar begab er sich in sein Ankleidezimmer, brachte es jedoch nicht einmal fertig, seinen Rock auszuziehen. Eine halbe Stunde lang tat er so, als wäre er in einen Roman vertieft; wonach er still, oder vielleicht sollte ich sagen erregt, auf den Korridor hinaustrat. Diesen ging er entlang, bis er vor die Tür jenes Zimmers kam, von dem er wußte, daß es dem jungen Lechmere zugewiesen war; er war ein wenig beruhigt, als er sah, daß die Tür geschlossen war. Vor einer halben Stunde hatte sie noch offengestanden; er konnte also davon ausgehen, daß der verwirrte Junge ins Bett gegangen war. Ebendas hatte er genau wissen wollen, und da er das getan hatte, stand er im Begriff, sich wieder zurückzuziehen. Im selben Augenblick hörte er jedoch einen Laut in dem Zimmer – wer sich drin aufhielt, machte sich irgendwie am Fenster zu schaffen, was ihm bewies, daß er anklopfen durfte, ohne seinen Zögling aufzuwecken. Der junge Lechmere kam in der Tat in Hose und Hemd an die Tür und ließ seinen Besucher mit einiger Überraschung eintreten. Nachdem die Tür geschlossen war, sagte Spencer Coyle: »Ich möchte Ihnen das Leben nicht schwermachen, aber mein Gewissen hat mir keine Ruhe gelassen; ich mußte mich einfach vergewissern, daß Sie sich keiner unnötigen Aufregung ausgesetzt haben.«

»Ach, Aufregung hat es genug gegeben«, sagte der scharfsinnige Junge. »Miss Julian ist noch einmal heruntergekommen.«

»Um nach einem Türkis zu suchen?«

»Das hat sie gesagt.«

»Und hat sie ihn gefunden?«

»Das weiß ich nicht. Ich bin raufgegangen. Ich habe sie beim armen Wingrave zurückgelassen.«

»Daran haben Sie recht getan«, sagte Coyle.

»Ich weiß nicht recht«, sagte der junge Lechmere voller Unbehagen. »Als ich ging, stritten sie sich.«

»Worüber denn?«

»Ich verstehe das nicht. Sie sind ein komisches Paar.«

Spencer Coyle zögerte. Er hatte seine Grundsätze, Bedenken und Skrupel, doch was ihn jetzt beherrschte, war Neugier, oder vielmehr, um dieser Regung Gerechtigkeit widerfahren zu lassen, ein Mitleid, das diese Skrupel beiseite fegte.

»Hatten Sie den Eindruck, daß *sie* ihm die Hölle heiß macht?« gestattete er sich zu fragen.

»Das kann man wohl sagen! Besonders, als sie ihm sagte, er lügt.«

»Was meinen Sie damit?«
»Na ja, in meinem *Beisein*! Da habe ich sie einfach allein lassen müssen. Ich hatte dummerweise das Thema des Spukzimmers wieder aufs Tapet gebracht und gesagt, wie leid es mir tue, daß ich Ihnen versprechen mußte, nicht mein Glück darin zu versuchen.«
»Es gehört sich einfach nicht, sich in anderer Leute Häuser von seiner Neugier derart hinreißen zu lassen – derlei Freiheiten kann man sich nicht herausnehmen, verstehen Sie?« warf Mr. Coyle ein.
»Hab' ich ja auch nicht getan – da sehen Sie mal, wie brav ich bin. Ich möchte nicht mal in die *Nähe* dieses Zimmers kommen!« erklärte der junge Lechmere vertrauensvoll. »Miss Julian hat zu mir gesagt: ›Oh, daß *Sie* das wagen würden, weiß ich, aber…‹, und damit wandte sie sich lachend an den armen Owen, ›das ist wohl mehr, als man von einem Gentleman erwarten kann, der sich zu einer so sonderbaren Haltung durchgerungen hat.‹ Mir war daraufhin klar, daß sie schon mal über dies Thema gesprochen haben mußten – sie muß ihn damit aufgezogen oder gereizt haben. Vielleicht war's auch bloß dummes Gerede, aber daß er die Offizierslaufbahn aufgeben will, hat vermutlich dazu geführt, daß die Frage nach seinem Schneid auftauchte.«
»Und was hat Owen gesagt?«
»Zuerst nichts; schließlich sagte er aber ganz ruhig: ›Ich habe die ganze letzte Nacht in dem vermaledeiten Zimmer verbracht.‹ Wir haben ihn beide angestarrt

und aufgeschrien, und ich fragte ihn, was er dort gesehen habe … Er sagte, er habe nichts gesehen, und Miss Julian sagte, da müsse er sich schon was Besseres einfallen lassen. – ›Ich habe es mir nicht ausgedacht – es ist eine schlichte Tatsache‹, sagte er; woraufhin sie ihn verhöhnte und wissen wollte, warum er es ihr dann, wenn er es wirklich getan hätte, nicht schon am Morgen gesagt hätte, denn schließlich habe er gewußt, für was sie ihn halte. ›Das weiß ich zwar, aber es ist mir egal‹, sagte Wingrave. Das machte sie wütend, und sie fragte ihn, ob es ihm denn auch egal sei, wenn sie ihm sage, sie glaube, daß er uns zu betrügen versuche.«

»Ach, diese Unvernunft!« entfuhr es Spencer Coyle. »Sie ist ein ganz ungewöhnliches Mädchen – ich weiß nicht, was sie eigentlich vorhat!«

»Ungewöhnlich, wahrhaftig – sich zu nachtschlafender Zeit mit leichtsinnigen jungen Männern zu kabbeln!«

Der junge Lechmere sann einen Augenblick nach. »Ich meine, weil ich glaube, daß sie ihn aufrichtig mag!«

Spencer Coyle war von dieser unerwarteten, scharfsinnigen Beobachtung derart verblüfft, daß ihm entfuhr: »Und glauben Sie, *er* mag sie auch?« Sein Gegenüber antwortete jedoch nur mit einem verwirrten Aufseufzen und einem klagenden: »Ich weiß es nicht – ich geb's auf! Ich bin sicher, er hat etwas *getan* oder gehört!« fügte er dann hinzu.

»In dem lächerlichen Zimmer? Wieso sind Sie sich dessen so sicher?«
»Ich weiß es nicht – er macht den Eindruck, als sei es der Fall. Er benimmt sich so, als ob er es getan hätte.«
»Warum sollte er es dann nicht verraten?«
Der junge Lechmere überlegte einen Moment.
»Vielleicht ist es zu grausig!«
Spencer Coyle lachte auf. »Sind Sie da nicht froh, daß *Sie* nicht da drin sind?«
»Das kann man wohl sagen!«
»Legen Sie sich schlafen, Sie Kindskopf, Sie!« sagte Spencer Coyle und stieß nochmals ein Lachen aus. »Aber ehe Sie das tun, sagen Sie mir doch, was er gesagt hat, als sie ihm vorwarf, er versuche, sie zu betrügen.«
»›Dann bring mich selbst hin und schließ mich darin ein!‹«
»Und *hat* sie ihn hingebracht?«
»Das weiß ich nicht – ich bin raufgegangen.«
Spencer Coyle tauschte einen langen Blick mit seinem Zögling.
»Ich glaube, sie sind nicht mehr in der Halle. Wo ist Owens Zimmer?«
»Ich habe nicht die geringste Ahnung.«
Mr. Coyle war verblüfft; er wußte es genausowenig, konnte aber schließlich nicht gut herumgehen und alle Türen ausprobieren. Er sagte dem jungen Lechmere daher, er solle jetzt schlafen gehen, und trat auf den Korridor hinaus. Er fragte sich, ob er wohl den

Weg zu dem Zimmer finden würde, das Owen ihm einmal gezeigt hatte, und dabei fiel ihm ein Stein vom Herzen, als ihm aufging, daß bei ihm genauso wie bei den anderen ein alter Name an die Tür gepinselt worden war. Aber die Korridore in Paramore gingen in viele Richtungen; überdies waren gewiß einige von der Dienerschaft noch wach, und er wollte nicht den Eindruck erwecken, als streiche er durch das Haus. So kehrte er zurück in seine eigenen Gemächer, wo Mrs. Coyle bald feststellte, daß seine Unfähigkeit, Ruhe zu finden, sich immer noch nicht gegeben hatte. Da sie ihrerseits fand, in dem alten Haus ein gesteigertes Gefühl von etwas »Gruseligem« zu haben, verbrachten sie den ersten Teil der Nacht im Gespräch, und ein Großteil ihrer wachen Stunden verging mit dem Bericht, den ihr Mann ihr von seiner Unterhaltung mit dem jungen Lechmere erstattete; danach tauschten sie noch lange ihre Meinungen darüber aus. Gegen zwei Uhr wurde Mrs. Coyle wegen ihres verfolgten jungen Freundes dermaßen nervös und fürchtete so sehr, das böse Mädchen könnte sich seine Aufforderung zunutze gemacht haben, ihn wirklich auf die Probe zu stellen, daß sie ihren Mann bat, hinauszugehen und nachzusehen, gleichgültig, wie sehr das sein eigenes Gleichgewicht störe oder nicht. Doch Spencer Coyle hatte sich, als die Stille der Nacht sich über sie senkte, widerwillig und zitternd damit abgefunden, daß Owen einverstanden gewesen war, sich einer so schaurigen Prüfung zu unterziehen – einer Prüfung, die für eine erregte Einbildungskraft um so überwältigender und einschlagender sein mußte, als der arme Junge ja aus der Erfahrung der vorigen Nacht wissen mußte, was für eine Überwindung ihn das Ganze kosten würde. »Ich hoffe, er ist tatsächlich dort«, sagte er zu seiner Frau, »denn damit setzt er sie alle ins Unrecht!« Jedenfalls vermochte er es nicht über sich zu bringen, ein Haus zu erkunden, das er so wenig kannte. Aber es war nicht konsequent – er machte keinerlei Anstalten, ins Bett zu gehen. Mit seinem Nachtlicht und seinem Roman saß er im Ankleidezimmer und wartete darauf, daß ihm das Kinn auf die Brust fiel und er einnickte. Zuletzt drehte Mrs. Coyle sich jedoch um und hörte auf zu reden, und so schlief schließlich auch er auf seinem Sessel sitzend ein. Wie lange er wirklich geschlafen hatte, konnte er hinterher nur mutmaßen; woran er sich als erstes erinnerte, war, daß er verwirrt hochfuhr und das Gefühl hatte, einen grauenerregenden Laut im Ohr zu haben. Er kam rasch zu sich, wobei ihm zweifellos half, daß aus dem Zimmer seiner Frau bestätigend ein Entsetzensschrei erscholl. Doch er kümmerte sich nicht um seine Frau, sondern war bereits auf den Korridor hinausgesprungen. Dort wiederholte sich der Schrei – das »Hilfe! Hilfe!« einer entsetzensgeschüttelten Frau. Er kam aus einem anderen Teil des Hauses, doch war klar, woher. Spencer Coyle eilte vorwärts, hatte den Laut sich öffnender Türen sowie den Klang entsetzter Stimmen im Ohr und den Dämmer des frühen Morgens in den Augen. Als der Korridor um eine Ecke ging, stieß er auf die weiße Gestalt eines Mädchens, dem auf einer Bank offenbar die Sinne schwanden, und schlagartig wurde ihm im Weitereilen klar, daß Kate Julian, welcher in ihrem Stolz das Gewissen für das, was sie angerichtet, zu spät geschlagen hatte, gekommen war, das Opfer ihrer Verhöhnung zu befreien und, überwältigt von der Katastrophe, die sie herbeigeführt hatte, entsetzt zurückgefahren war – jener Katastrophe, die sich ihm voller Grauen gleich darauf an der Schwelle einer offenen Tür darbot. Gekleidet, wie er ihn zuletzt gesehen hatte, lag Owen Wingrave auf derselben Stelle, an der man seinen Ururgroßvater aufgefunden hatte. Er sah aus wie ein junger Krieger auf dem Schlachtfeld.

DIE FREUNDE DER FREUNDE

Wie Sie prophezeit haben, finde ich viel Interessantes, aber wenig, was in dieser heiklen Frage – der Möglichkeit einer Veröffentlichung – weiterhilft. Ihre Tagebücher sind weniger systematisch, als ich hoffte; sie besaß lediglich die segensreiche Angewohnheit des Notierens und Erzählens. Sie resümierte, bewahrte; sie scheint in der Tat selten eine Gelegenheit ausgelassen zu haben, eine gute Geschichte im Fluge aufzuschnappen. Ich beziehe mich dabei selbstverständlich nicht so sehr auf Dinge, von denen sie hörte, sondern vielmehr auf Dinge, die sie erlebte und empfand. Sie schreibt manchmal über sich selbst, manchmal über andere, manchmal über eine Mischung aus beidem. Im allgemeinen ist sie in der zuletztgenannten Sparte am lebendigsten. Aber wie Sie sehen werden, ist sie in den lebendigsten Passagen nicht immer am veröffentlichungswürdigsten. Sie ist, um die Wahrheit zu sagen, fürchterlich indiskret oder bietet zumindest den notwendigen Stoff, mich *dazu zu machen. Nehmen Sie beispielsweise das beigefügte Fragment, das ich der Übersichtlichkeit halber in mehrere kleine Kapitel unterteilt habe. Es ist der Inhalt eines dünnen Notizbuches, das ich abschreiben ließ, und es besitzt den Vorzug, eine nahezu abgerundete Angelegenheit, ein verständliches*

Ganzes zu sein. Diese Seiten entstanden offenkundig schon vor Jahren. Mit der lebhaftesten Verwunderung habe ich die Aussage, die sie in solcher Ausführlichkeit machen, gelesen und, so gut ich konnte, versucht, mich mit dem Wunder, auf das sie schließen lassen, anzufreunden. Derlei Dinge müßten doch – was meinen Sie? – jeden Leser verblüffen; aber können Sie sich auch nur einen Augenblick lang vorstellen, daß ich der Welt ein derartiges Dokument vorsetze, obwohl es von ihren Freunden weder Namen noch Anfangsbuchstaben enthält, als hätte die Verfasserin gewollt, daß die Geschichte der Welt zugänglich gemacht würde? Besitzen Sie auch nur den leisesten Anhaltspunkt bezüglich ihrer Identität? Ich überlasse ihr das Wort.

1

Ich weiß natürlich nur zu gut, daß ich es selbst heraufbeschworen habe; aber das macht es keineswegs besser. Ich war die erste, die ihm von ihr erzählte – er hatte noch nicht einmal andeutungsweise von ihr gehört. Aber selbst wenn ich auch zufällig nichts gesagt hätte, wäre jemand anderer eingesprungen: In diesem Gedanken versuchte ich später Trost zu finden. Aber Gedanken bieten mageren Trost: Der einzige Trost, der im Leben zählt, ist die Gewißheit, sich nicht zum Narren gemacht zu haben. Ein Hochgefühl, das mir zweifellos niemals vergönnt sein wird. »Ach, Sie sollten sie kennenlernen und mit ihr darüber sprechen«, sagte ich spontan. »Gleich und gleich gesellt sich gern.« Ich erzählte ihm, wer sie war, und daß sie vom gleichen Schlage seien, weil ihr etwa zur gleichen Zeit, als er in der Jugend ein merkwürdiges Erlebnis hatte, ein ebensolches widerfahren war. Ihre Freunde wußten alle davon – es war eine Begebenheit, die sie ständig zu schildern gebeten wurde. Sie war reizend, klug, hübsch, unglücklich; nichtsdestoweniger war es diese Sache, der sie ursprünglich ihren Ruf verdankte.

Als sie sich im Alter von achtzehn Jahren einmal mit einer Tante im Ausland aufhielt, war ihr ihr Vater im Augenblick seines Todes erschienen. Der Vater war in England, Hunderte von Meilen weit entfernt, und ihres Wissens weder im Sterben begriffen noch tot. Es geschah bei Tag, in einem Museum einer fremden Großstadt. Sie war ihren Begleitern in einen kleinen Raum vorausgegangen, der irgendein berühmtes Kunstwerk barg und in dem sich zu diesem Zeitpunkt zwei weitere Personen aufhielten. Die eine war der alte Museumswärter; die andere hielt sie, bevor sie sie näher betrachtete, für einen Fremden, einen Touristen. Sie hatte lediglich zur Kenntnis genommen, daß er barhäuptig war und auf einer Bank saß. In dem Moment jedoch, in dem ihre Augen auf ihn zu ruhen kamen, gewahrte sie zu ihrer Verwunderung den eigenen Vater, der sie mit eigentümlich gequältem Blick ansah, als hätte er seit langem auf sie gewartet, mit einer Ungeduld, die an Vorwurf grenzte. Mit dem Entsetzensschrei: »Papa, was *ist* mit dir?« stürzte sie auf ihn zu, aber es folgte ein noch lebhafterer Gefühlsausbruch, als er auf ihre Regung hin einfach verschwand und sie in Gesellschaft des Wärters und ihrer Verwandten zurückließ, die ihr auf dem Fuß gefolgt waren und sich bestürzt um sie scharten. Diese Personen, der Angestellte, die Tante, die Cousinen waren daher in gewisser Weise Zeugen des Tatbestandes – zumindest des Tatbestandes ihrer tiefen Ergriffenheit durch denselben; und es gab weiterhin die Zeugenaussage eines Arztes, der ein weibliches Gruppenmitglied behandelte und so unmittelbar davon erfuhr. Er verabreichte ihr ein Mittel gegen Hysterie, bemerkte aber im Vertrauen zu der Tante: »Warten Sie ab, ob sich nicht doch zu Hause noch etwas ereignet.« Es *hatte* sich etwas ereignet – der arme Vater, von plötzlicher Krankheit dahingerafft, war an jenem Morgen gestorben.

Die Tante, die Schwester der Mutter, erhielt noch vor Tagesende ein Telegramm, das die Kunde von dem Ereignis brachte und die Bitte an sie enthielt, ihre Nichte darauf vorzubereiten. Die Nichte war bereits darauf vorbereitet, und der Eindruck dieser Erscheinung blieb selbstverständlich unauslöschlich für das Mädchen. Als Freunden von ihr war es uns allen mitgeteilt worden, und wir hatten es schaudernd untereinander weitergesagt. Zwölf Jahre waren seither vergangen, und als Frau, die eine unglückliche Ehe geführt hatte und von ihrem Ehemann getrennt lebte, hatte sie anderweitig Aufmerksamkeit erregt. Aber da der Name, den sie jetzt trug, ein häufiger war, und da überdies die Trennung von ihrem Mann nach Lage der Dinge kaum als Auszeichnung gelten konnte, hatte es sich eingebürgert, sie zu kennzeichnen als »die, wissen Sie, die den Geist ihres Vaters gesehen hat«.

Er wiederum, der gute Mann, hatte den Geist seiner Mutter gesehen. Ich hatte nie davon gehört, bis er die Sache, aufgrund unserer immer engeren und herzlicheren Bekanntschaft, anläßlich irgendeiner Wendung unseres Gespräches einmal erwähnte und in mir dadurch den spontanen Wunsch erweckte, ihn wissen zu lassen, daß er auf diesem Gebiet eine Rivalin hatte – eine Person, mit der er Erfahrungen austauschen könnte. Mit der Zeit wurde seine Geschichte, womöglich dadurch, daß ich über Gebühr davon erzählte, gleichermaßen zu einem nützlichen gesellschaftlichen Etikett für ihn; aber noch knapp ein Jahr zuvor war sie der Anlaß dafür gewesen, daß er mir vorgestellt wurde. Er besaß andere Vorzüge, ebenso wie sie, die Ärmste!, andere besaß. Ehrlich gesagt, bemerkte ich sie auf Anhieb sehr wohl – ich entdeckte sie, noch bevor er die meinen entdeckte. Ich weiß noch gut, wie es mich selbst damals verblüffte, daß seine Empfänglichkeit für die meinen beschleunigt wurde durch meine Fähigkeit, seiner sonderbaren Anekdote, obschon nicht unmittelbar aus eigenem Erleben, etwas Ebenbürtiges gegenüberzustellen. Sie, diese Anekdote, hatte sich ebenso wie die ihre vor rund zwölf Jahren abgespielt – in jenem Jahr, als er aus irgendeinem Grund noch bis in die Sommerferien hinein in Oxford geblieben war. Er war an einem Augustnachmittag auf dem Fluß gewesen. Als er, noch bei Tage, in sein Zimmer kam, fand er seine Mutter vor, die dastand, als seien ihre Augen auf die Tür geheftet gewesen. Am Morgen dieses Tages hatte er aus Wales einen Brief von ihr bekommen, wo sie sich mit ihrem Vater aufhielt. Bei seinem Anblick strahlte sie über alle Maßen und breitete die Arme aus, und dann, als er auf sie zulief und freudig die eigenen Arme öffnete, verschwand sie. Er schrieb ihr noch am selben Abend und berichtete ihr davon; der Brief wurde sorgfältig aufbewahrt. Am nächsten Morgen hörte er von ihrem Tod. Er war sehr bewegt von der wundersamen Episode, mit der ich dank der zufälligen Wendung unseres Gesprächs aufwarten konnte. Er war noch nie einem anderen Fall begegnet. Sie mußten einander unbedingt kennenlernen, meine Freundin und er; bestimmt hatten sie Gemeinsamkeiten. Ich würde das doch arrangieren, nicht wahr? – sofern *sie* nichts dagegen hatte; er selbst hatte nicht das geringste dagegen. Ich hatte versprochen, ihr so bald als möglich von der Sache zu erzählen, und schon binnen einer Woche hatte ich Gelegenheit dazu. Sie hatte ebensowenig »dagegen« wie er; sie war absolut bereit, ihn kennenzulernen. Und dennoch sollte keine Begegnung zustande kommen – keine Begegnung im üblichen Sinne.

2

Das ist bereits die Hälfte meiner Geschichte – die außergewöhnliche Art, in der sie verhindert wurde. Eine Kette von Zufällen war schuld daran; aber die Zufälle währten Jahre und wurden für mich und für andere beim Zusammensein mit jedem der Beteiligten zu einer Quelle der Heiterkeit. Sie waren anfänglich auch sehr drollig; dann wurden sie eher lästig. Das Seltsame daran war, daß beide Betroffenen sehr aufgeschlossen waren: sie waren alles andere als gleichgültig, geschweige denn abgeneigt. Es war eine der Launen des Zufalls, zu denen sich vermutlich einige gegensätzliche Interessen und Gewohnheiten gesellten. Die seinen waren ganz auf sein Amt zugeschnitten, sein ewiges Inspektorendasein, das ihm wenig Muße ließ, ihn beständig fortrief und ihn Verabredungen absagen ließ. Er war gern in Gesellschaft, aber er fand sie überall und nahm sie *en passant* mit. Ich wußte nie, wo er gerade war, und zeitweise bekam ich ihn monatelang nicht zu sehen. Sie lebte ihrerseits in völliger Zurückgezogenheit: sie wohnte in Richmond und ging nie »aus«. Sie war eine Frau von Rang, aber keine Dame von Welt und wußte, wie die

Leute sagten, was sich in ihrer Situation schickte. Mit spürbarem Stolz und ein bißchen absonderlich lebte sie ihr Leben, wie sie es für richtig hielt. Man konnte bestimmte Dinge mit ihr unternehmen, aber man konnte sie nicht dazu bewegen, Einladungen anzunehmen. Man ging statt dessen ein bißchen häufiger als angebracht zu ihren Einladungen, die aus ihrer Cousine, einer Tasse Tee und der Aussicht bestanden. Der Tee war gut; aber die Aussicht war gewöhnlich, vielleicht nicht in so aufdringlicher Weise wie die Cousine – ein unleidliches altes Fräulein, das zu der Gruppe im Museum gehört hatte und mit dem sie jetzt zusammenlebte. Diese Verbindung mit einer unscheinbaren Verwandten, die teilweise ökonomische Beweggründe hatte – sie pries ihre Gefährtin als wundervolle Wirtschafterin –, war eine der kleinen Absonderlichkeiten, die wir ihr nachsehen mußten. Eine weitere war ihre Einschätzung der Verhaltensmaßregeln, die sich aus dem Bruch mit ihrem Ehemann für sie ergaben. Diese waren extrem streng – manche nannten sie sogar krankhaft. Sie unternahm nie Annäherungsversuche; sie hegte Skrupel; sie befürchtete oder, besser gesagt, sie merkte sich Kränkungen: Sie war eine der wenigen Frauen, die ich kenne, die diese besonderen Umstände eher zurückhaltend als beherzt gemacht hatten. Sie war so empfindsam, die Gute! Besonders deutlich waren die Grenzen, die sie möglichen Aufmerksamkeiten von Männern gesteckt hatte: Sie lebte ständig mit dem

Gedanken, daß ihr Mann nur darauf wartete, über sie herzufallen. Sie verhinderte, ja verbat sich Besuche männlicher Wesen, ausgenommen Greise: Sie sagte, man könne gar nicht vorsichtig genug sein. Als ich ihr gegenüber zum ersten Mal erwähnte, daß ich einen Freund hatte, der vom Schicksal in der gleichen wundersamen Weise ausgezeichnet worden war wie sie, stand es ihr absolut frei, zu sagen: »Oh, bring ihn doch einmal zu mir mit!« Ich wäre vermutlich in der Lage gewesen, ihn mitzubringen, und es hätte sich eine vollkommen harmlose oder jedenfalls vergleichsweise unkomplizierte Situation ergeben. Aber sie äußerte nichts dergleichen; sie sagte nur: »Ich sollte ihn wirklich kennenlernen; ja, ich werde mich nach ihm umsehen!« Das verursachte die erste Verzögerung, und in der Zwischenzeit ereigneten sich noch einige. So schuf sie sich unter anderem im Laufe der Zeit mit ihrer liebenswürdigen Art einen immer größeren Freundeskreis, und regelmäßig traf es sich, daß ihre Freunde auch mit ihm gut befreundet waren und im Laufe der Unterhaltungen auf ihn zu sprechen kamen. Merkwürdigerweise hatte sich mein verhindertes Paar, das sozusagen nicht derselben Welt oder, um die scheußliche Floskel zu gebrauchen, derselben Schicht angehörte, in so vielen Fällen ausgerechnet mit denselben Personen eingelassen und ließ sie in den seltsamen Chor miteinstimmen. Sie hatte Freunde, die sich untereinander nicht kannten, aber unweigerlich und prompt *ihn* vor ihr rühmten. Sie besaß überdies eine Art von Originalität, eine Ausstrahlung, die bewirkte, daß sie von jedem von uns mehr oder weniger verstohlen als eine Art eifersüchtig gehüteter, persönlicher Schatz betrachtet wurde, als eine Person, der man im gesellschaftlichen Leben nicht begegnete, die nicht für jedermann – nicht für gewöhnliche Sterbliche – erreichbar war und deren Bekanntschaft daher besonders schwierig zu erlangen und besonders kostbar erschien. Wir trafen uns alle unabhängig voneinander mit ihr, zu bestimmten Terminen, unter bestimmten Bedingungen, und meinten, daß es der Harmonie zuträglicher sei, einander nichts davon zu erzählen. Irgendwer hatte immer ein paar Zeilen noch neueren Datums von ihr als jemand anders. Irgendeine alberne Person genoß lange Zeit unter den Nicht-Auserwählten aufgrund dreier simpler Besuche in Richmond den Ruf, mit »einer Menge schrecklich gescheiter, ausgefallener Leute« zu verkehren.

Jeder Mensch hat schon einmal Freunde gehabt, die zusammenzubringen ihm als besonders glücklicher Einfall erschien, und jeder wird sich daran erinnern, daß seine glücklichsten Einfälle nicht zu seinen größten Erfolgen wurden. Aber ich bezweifle, ob es jemals einen Fall gab, in dem der Mißerfolg in so direktem Verhältnis zur aufgewendeten Energie stand. Vielleicht ist in diesem Fall tatsächlich der Energieaufwand das Bemerkenswerteste. Besagte Lady und mein Gentleman räumten beide im Gespräch mit mir und anderen ein, daß dieser Fall Stoff für eine zwerchfellerschütternde Posse böte. Der ursprüngliche Grund ihres Treffens war mit der Zeit in den Hintergrund getreten, und hundert bessere drängten sich an seine Stelle. Sie waren einander so schrecklich ähnlich: Sie hatten die gleichen Einfälle, Launen und Liebhabereien, die gleichen Ressentiments, Marotten und Unarten; sie sagten dasselbe und taten es manchmal auch; sie zeigten Vorliebe und Abneigung für dieselben Personen und Orte, dieselben Bücher, Autoren und Stilrichtungen; selbst in ihrem Aussehen und ihren Gesichtszügen konnte jedermann eine gewisse Ähnlichkeit feststellen. Es gehörte schon zum guten Ton, sie im Bekanntenkreis als gleichermaßen »nett« und beinahe gleichermaßen gutaussehend zu bezeichnen. Aber die größte Ähnlichkeit, die allgemein Verwunderung und Klatsch auslöste, war ihrer beider ausgeprägter Tick, was das Fotografiertwerden betraf. Sie waren die einzigen Personen, von denen ich je gehört habe, daß sie noch nie »aufgenommen« worden waren und einen leidenschaftlichen Widerwillen dagegen an den Tag legten. Sie waren *partout* nicht dazu zu bewegen. Ich hatte mich bereits lautstark deswegen beschwert; besonders ihn hätte ich so sehnlich gern in einem Bond-Street-Rahmen auf dem Kaminsims in meinem Salon zur Schau gestellt, aber vergeblich. Jedenfalls war das der augenfälligste von allen Gründen, weshalb sie einander kennenlernen sollten – und doch wurden selbst die augenfälligsten Gründe zunichte gemacht von der seltsamen Gesetzmäßigkeit, die sie beide veranlaßt hatte, so viele Türen voreinander zuzuschlagen, sie zu den zwei Eimern eines Brunnens, den beiden Enden einer Wippe, den beiden Parteien im Staate gemacht hatte, so daß immer der eine Teil unten war, wenn der andere gerade oben ankam, der eine draußen war, wenn der andere sich drinnen befand. Jeder von ihnen betrat ein Haus prinzipiell erst dann, wenn der andere es verlassen hatte, oder verließ es unwissentlich, bevor der andere anwesend war. Sie kamen immer erst an, wenn man sie schon nicht mehr erwartete, und genauso gingen sie fort, wenn man es am wenigsten vermutete. Kurzum, sie waren ungleichzeitig und unvereinbar; sie verpaßten einander mit einer Hartnäckigkeit, die nur als abgekartetes Spiel erklärbar schien. Dabei war das Ganze so weit davon entfernt, abgekartet zu sein, daß es sie am Ende – buchstäblich nach mehreren Jahren – enttäuschte und verärgerte. Ich glaube kaum, daß ihre Neugierde sich schon regte, bevor sie sich als vollkommen vergeblich erwiesen hatte. Natürlich wurde viel unternommen, ihnen zu helfen, aber dadurch wurden lediglich Fußangeln gelegt.

Um Beispiele nennen zu können, hätte ich mir Notizen machen müssen; aber ich erinnere mich zufällig, daß keiner von beiden jemals in der Lage gewesen war, im richtigen Moment einer Einladung zum Essen nachzukommen.

Für beide war immer just der Moment der richtige, der für den anderen der falsche war. Im falschen Moment waren beide immer äußerst pünktlich, und es gab nie andere als falsche. Selbst die Elemente verschworen sich, und die menschliche Natur unterstützte sie noch. Eine Erkältung, Kopfschmerzen, ein Trauerfall, ein Unwetter, Nebel, ein Erdbeben, irgendeine Katastrophe kam unfehlbar dazwischen. Die ganze Geschichte war alles andere als komisch. Und dennoch mußte man sie trotz allem als komisch ansehen, obwohl man sich des Gefühls nicht erwehren konnte, daß die Komik die Situation ernst gemacht, bei beiden einen Bewußtseinszustand hervorgerufen hatte, eine Verlegenheit, ein eindeutiges Grauen vor dem allerletzten Zwischenfall, dem einzigen, dem noch einige Frische anhaftete, dem Zwischenfall, der sie einander gegenüberstellen würde. Letztlich hatten seine Vorläufer dieses dunkle Gefühl erzeugt. Sie schämten sich sehr – vielleicht sogar ein wenig voreinander. So viel Aufwand, so viel Enttäuschung: Gab es überhaupt irgendein Ziel, für das sich das alles lohnte? Eine bloße Begegnung mußte ja nichtssagend ausfallen. Konnte ich sie mir nach all den Jahren, so fragten sie mich oft, bei einer stumpfsinnigen Gegenüberstellung vorstellen? Wenn sie die Komik schon langweilte, würde sie etwas anderes vermutlich noch mehr langweilen. Sie stellten beide exakt dieselben Überlegungen an, und jeder konnte sicher sein, in irgendeiner Form von denen des anderen zu hören. Ich meine ernstlich, daß dieser merkwürdige Mangel an Zuversicht letzten Endes die Situation bestimmte. Ich will damit sagen, daß sie, wenn sie einander während der ersten Jahre unabsichtlich verpaßten, schließlich diese Gewohnheit beibehielten, weil sie – wie soll ich sagen? – nervös geworden waren. Es bedurfte wahrhaftig einer versteckten Absicht, um etwas derart Absurdes zu erklären.

3

Als ich, um unsere lange Bekanntschaft zu krönen, seinen wiederholten Heiratsantrag annahm, wurde gewitzelt, das weiß ich, ich hätte zur Bedingung gemacht, daß er mir eine Fotografie von sich schenkte. Das traf insoweit zu, als ich mich geweigert hatte, ihm ohne diese eine von mir zu schenken. Jedenfalls hatte ich ihn endlich in voller Pracht auf dem Kaminsims, wo sie, an dem Tag, als sie mich besuchte, um mir zu gratulieren, einer Begegnung mit ihm näher kam als je zuvor. Er war ihr, indem er sich aufnehmen ließ, mit gutem Beispiel vorangegangen, und ich forderte sie auf, es ihm gleichzutun. Er hatte seine Unart aufgegeben – wollte sie nicht die ihre ebenso aufgeben? Auch sie würde mir etwas zur Verlobung schenken – ob sie mir nicht das Gegenstück dazu verehren wollte? Sie lachte und schüttelte den Kopf; der

Anstoß ihres Kopfschüttelns schien immer von so weit herzukommen wie ein Luftzug, der durch die Blätter einer Blüte fährt. Das Gegenstück zum Porträt meines künftigen Mannes sei das Porträt seiner künftigen Frau. Sie hatte ihren Standpunkt bezogen – sie konnte ebensowenig wieder davon abgehen, wie sie ihn erklären konnte. Es war ein Vorurteil, eine fixe Idee, ein Gelübde – sie würde unfotografiert leben und sterben. Jetzt war sie obendrein allein in dieser Lage, das war ganz nach ihrem Geschmack; es machte sie so viel origineller. Sie frohlockte, daß ihr einstiger Bundesgenosse schwach geworden war, und betrachtete lange Zeit sein Bild, über das sie keine erwähnenswerte Bemerkung machte, obwohl sie es sogar umdrehte, um sich die Rückseite anzusehen. Bezüglich unserer Verlobung war sie ganz reizend – voller Herzlichkeit und Mitgefühl. »Du kennst ihn nun sogar schon länger, als ich ihn *nicht* kenne«, sagte sie, »und das kommt mir sehr lang vor.« Ihr war bewußt, wie viele Höhen und Tiefen wir miteinander durchwandert hatten und daß wir naturgemäß jetzt miteinander zur Ruhe kommen sollten. Ich gebe das alles so präzise wieder, weil das, was darauf folgte, so merkwürdig ist, daß es mich in gewisser Weise erleichtert festzuhalten, bis zu welchem Punkt unsere Beziehungen so natürlich waren wie eh und je. Ich war es selbst, die sie in einem Anfall von Wahnwitz veränderte und zerstörte. Mir wird jetzt bewußt, daß sie mir keinen Vorwand gab und daß ich in der

Art, in der sie das kostbare Konterfei in dem Bond-Street-Rahmen musterte, nur einen zu entdecken meinte. Wie hätte sie es denn meiner Meinung nach ansehen sollen? Ich hatte von Anfang an ihr Interesse für ihn wecken wollen. Nun, das wollte ich noch immer – bis zu dem Zeitpunkt, als sie mir versprach, mir diesmal wirklich zu helfen, den unsinnigen Bann zu brechen, der sie voneinander ferngehalten hatte. Ich hatte mit ihm vereinbart, daß er seinen Teil beitragen würde, wenn sie den ihren ebenso erfolgreich beitrug. Ich befand mich jetzt in einer anderen Position – meine Position erlaubte mir, Rede und Antwort zu stehen für ihn. Ich verbürgte mich dafür, daß er sich um Punkt fünf Uhr an diesem Ort einfinden würde. Er war in dringenden Geschäften unterwegs; aber er versprach feierlich, Wort zu halten und eigens zu diesem Zweck und rechtzeitig zurückzukehren. »Bist du absolut sicher?« fragte sie, soviel ich mich erinnere, und machte ein ernstes, nachdenkliches Gesicht: Mir war, als sei sie ein wenig blaß geworden. Sie war müde, sie war unpäßlich: Wie schade, daß er sie zu guter Letzt in einem so ungünstigen Moment sehen würde. Hätte er sie doch fünf Jahre zuvor gesehen! Dennoch erwiderte ich, daß ich diesmal meiner Sache sicher sei und daß das Gelingen daher nur von ihr abhinge. Am Samstagnachmittag um fünf Uhr würde sie ihn hier vorfinden, auf einem bestimmten Sessel, den ich ihr zeigte, dem Sessel, in dem er gewöhnlich saß und auf dem er – das ließ ich allerdings

unerwähnt – gesessen hatte, als er in der vorausgegangenen Woche die Frage nach unserer gemeinsamen Zukunft in einer Art und Weise an mich stellte, daß ich schließlich nachgab. Sie sah den Sessel schweigend an, ebenso wie sie die Fotografie angesehen hatte, während ich zum zwanzigsten Mal betonte, daß es geradezu lachhaft sei, wenn man es nicht irgendwie schaffte, seiner besseren Hälfte die beste Freundin vorzustellen. »*Bin* ich deine beste Freundin?« fragte sie mit einem Lächeln, das ihr einen Augenblick ihre Schönheit wiedergab. Ich antwortete, indem ich sie an mich drückte; worauf sie sagte: »Gut, ich werde kommen. Ich fürchte mich außerordentlich, aber du kannst auf mich zählen.«
Als sie gegangen war, fing ich an zu grübeln, wovor sie sich wohl fürchtete, denn sie hatte gesprochen, als meinte sie es wirklich ernst. Am nächsten Tag gegen Abend erhielt ich drei Zeilen von ihr: Sie hatte bei ihrer Heimkehr die Nachricht vom Tod ihres Mannes vorgefunden. Sie hatte ihn sieben Jahre lang nicht mehr gesehen, aber sie wünschte, daß ich es auf diesem Wege erfuhr, bevor ich anderweitig davon hörte. Es bedeutete jedoch für ihr Leben, so merkwürdig und traurig sich das auch anhört, so wenig, daß sie ihre Verabredung gewissenhaft einzuhalten gedachte. Ich war froh für sie – vermutlich bedeutete es immerhin, daß sie über mehr Geld verfügen würde; aber weit davon entfernt zu vergessen, daß sie davon gesprochen hatte, sich zu fürchten, vermeinte ich selbst

in dieser Gedankenspielerei einen Grund für ihre Gemütsverfassung zu erahnen. Ihre Furcht wurde im weiteren Verlauf des Abends langsam ansteckend, und die Ansteckung nahm in meinem Innersten die Form einer plötzlichen Panik an. Es war keine Eifersucht – es war eine tiefe Angst vor Eifersucht. Wie töricht von mir, nicht stillgehalten zu haben, bis wir Mann und Frau waren. Danach müßte ich mich eigentlich einigermaßen sicher fühlen. Ich hätte bloß noch einen einzigen Monat abzuwarten brauchen – bestimmt eine Bagatelle für Leute, die so lange gewartet hatten. Sie war ganz offensichtlich nervös gewesen, und jetzt, wo sie frei war, würde sie natürlich nicht weniger nervös sein. Was konnte ihre Nervosität daher anderes sein als eine böse Ahnung? Bis zu diesem Zeitpunkt war sie ein Opfer störender Einflüsse gewesen, aber es war durchaus möglich, daß sie künftig ihre Quelle sein würde. Das Opfer wäre in einem solchen Falle meine Wenigkeit. Was waren die Störungen anderes gewesen als ein Fingerzeig des Schicksals, der mich auf eine Gefahr aufmerksam machte? Die Gefahr bedrohte natürlich *mich* Ärmste. Sie war in Schach gehalten worden von einer Reihe von Zufällen, die in ihrer Häufung beispiellos waren, aber nun war die Herrschaft des Zufalls offensichtlich zu Ende. Ich war zutiefst überzeugt, daß beide Beteiligten das Stelldichein einhalten würden. Immer stärker durchdrang mich das Gefühl, daß sie sich näherten, aufeinander zustrebten. Wir hatten darüber gesprochen, den Bann zu brechen; nun, er würde in der Tat gebrochen werden – es sei denn, er sollte schlicht eine neue Form annehmen und ihre Begegnungen ins Maßlose steigern, wie er ihre Ausweichmanöver ins Maßlose gesteigert hatte. Dieser Gedanke ließ mich nicht los; er hielt mich wach, gegen Mitternacht war ich von Unrast erfüllt. Schließlich meinte ich, daß es nur eine Möglichkeit gab, das Gespenst zu bannen. Wenn die Herrschaft des Zufalls beendet war, mußte ich einfach seine Nachfolge antreten. Ich setzte mich nieder und schrieb hastig eine Nachricht, die er bei seiner Rückkehr vorfinden würde und derentwegen ich mich, da die Dienstboten zu Bett gegangen waren, barhäuptig auf die leere, böige Straße begab, um sie in den nächstbesten Briefkasten zu werfen. Sie sollte ihm mitteilen, daß ich am Nachmittag nicht, wie ich gehofft hatte, zu Hause sein konnte und daß er seinen Besuch auf die Abendessenszeit verschieben mußte. Das war eine Andeutung, daß er mich allein antreffen würde.

4

Als sie sich folglich um fünf Uhr einfand, kam ich mir intrigant und hinterhältig vor. Ich hatte aus einer aberwitzigen Anwandlung heraus gehandelt, aber nun mußte ich wenigstens konsequent sein. Sie blieb eine Stunde; er kam natürlich nicht; und ich hatte keine andere Wahl, als meine perfide Rolle weiterzuspielen. Ich hatte es für das beste gehalten, sie kommen zu lassen; ich glaubte, so sonderbar mir das heute erscheint, meine mir selbst auferlegte Schuld dadurch zu mindern. Aber als sie so sichtlich bleich und gequält vor mir saß, schmerzlich bewegt von allem, was der Tod ihres Mannes nach all der Zeit wieder wachgerufen hatte, packte mich Reue und ein beinahe unerträgliches Mitleid. Wenn ich nicht auf der Stelle beichtete, was ich getan hatte, dann nur weil ich mich zu sehr schämte. Ich heuchelte Verwunderung – ich heuchelte sie bis zum Ende; ich beteuerte, daß ich, wenn ich überhaupt jemals Zuversicht besessen hatte, an diesem Tag davon erfüllt gewesen sei. Ich erröte, während ich meine Geschichte erzähle – ich betrachte sie als meine Buße. Es gab keine mißbilligende Bemerkung, die ich nicht über ihn machte; ich erfand Ausreden für ihn, Vermutungen, Beschwichtigungen; ich stellte verblüfft fest, während die Zeiger der Uhr weiterwanderten, daß das Glück ihnen noch immer nicht wohlgesinnt war. Sie lächelte bei dieser Vorstellung von ihrem »Glück«, aber sie sah besorgt aus – sie sah ungewöhnlich aus: Das einzige, was mich standhaft bleiben ließ, war die Tatsache, daß sie merkwürdigerweise Trauer trug – kein wallendes Krepp, nur schlichtes, korrektes Schwarz. In ihrem Hut steckten drei kleine schwarze Federn. Sie trug einen kleinen Astrachanmuff. Mit Hilfe einiger scharfsinniger Überlegungen schöpfte ich daraus ein klein wenig Rechtfertigung für mein Verhalten. Sie hatte mir geschrieben, daß das unerwartete Ereignis ohne Belang für sie sei, aber offensichtlich war es ihr immerhin wichtig. Wenn sie sich schon an standesgemäße Gepflogenheiten hielt, warum mißachtete sie dann diejenige, am ersten oder zweiten Tag nicht auszugehen? Es gab jemanden, den sie so sehr kennenzulernen wünschte, daß sie nicht abwarten konnte, bis ihr Mann begraben war. Eine derartige Bekundung von Ungeduld verlieh mir die notwendige Härte und Grausamkeit, um meinen abscheulichen Betrug zu verüben, obwohl ich gleichzeitig, während die Stunde ihren Lauf nahm, in ihr etwas zu ahnen glaubte, das noch tiefer als Enttäuschung ging und ein bißchen weniger erfolgreich verborgen war. Ich meine eine seltsame unterschwellige Erleichterung, das sanfte, leise Ausströmen der Atemluft, das nach glücklich überstandener Gefahr eintritt. Das einzige Ereignis dieser fruchtlosen Stunde war, daß sie ihn endlich aufgab. Sie ließ für immer von ihm ab. Sie setzte sich mit unnachahmlichem Humor darüber hinweg; aber trotz allem war es ein bedeutsamer Augenblick in ihrem Leben. Sie sprach in ihrer sanften Heiterkeit von all den anderen vergeblichen Anläufen, dem langen Versteckspiel, der beispiellosen Kuriosität einer solchen Beziehung. Denn letzten Endes *war* es eine Beziehung oder war eine gewesen, nicht wahr? Das war ja gerade das Absurde daran. Als sie sich erhob, um zu gehen, sagte ich ihr, daß es mehr denn je eine Beziehung sei, aber daß ich nach allem, was vorgefallen war, nicht die Stirn besäße, ihr gegenwärtig ein neues Rendezvous vorzuschlagen. Der einzige triftige Anlaß würde zweifellos der Tag meiner Eheschließung sein. Sie würde doch selbstverständlich zu meiner Hochzeit kommen? Es stand sogar zu hoffen, daß *er* käme.

»Wenn *ich* komme, wird er es nicht tun!« erklärte sie mit einem Lachen. Ich räumte ein, daß daran etwas Wahres sein mochte. Dann mußten wir wohl erst einmal unsere Heirat hinter uns bringen. »Das wird uns auch nichts nützen. Nichts wird uns mehr nützen!« sagte sie, als sie mich zum Abschied küßte. »Ich werde ihn nie kennenlernen, nie und nimmer!« Mit diesen Worten verließ sie mich.

Ihre Enttäuschung, wie ich es genannt habe, konnte ich ertragen; aber als ich ihn wenige Stunden danach zum Abendessen empfing, stellte ich fest, daß ich die seine nicht ertragen konnte. Die Auswirkungen, die meine List auf ihn haben mochte, hatte ich mir nicht so recht vergegenwärtigt; aber die Folge war das erste Wort des Vorwurfs, das ihm je über die Lippen gekommen war. Ich sage »Vorwurf«, weil dieser Ausdruck kaum übertrieben ist für die Worte, mit denen er sein Erstaunen darüber bekundete, daß ich unter den außergewöhnlichen Umständen keine Möglichkeit gefunden hatte, ihn einer solchen Gelegenheit nicht zu berauben. Ich hätte es doch wirklich einrichten können, entweder nicht ausgehen zu müssen oder ihre Begegnung trotz allem stattfinden zu lassen. Sie wären vermutlich auch ohne mich in meinem Salon zurechtgekommen. Bei diesen Worten war es mit meiner Fassung vollends aus – ich beichtete meine Schandtat und den erbärmlichen Grund dafür. Ich hatte ihr nicht abgesagt und war auch nicht ausgegangen; sie war dagewesen und, nachdem sie eine Stunde auf ihn gewartet hatte, in dem Glauben wieder gegangen, daß er seine Abwesenheit selbst verschuldet habe.

»Sie muß mich für einen schönen Rohling halten!« rief er aus. »Hat sie sich über mich ausgelassen – wie es ihr gutes Recht war?«

»Ich schwöre dir, daß sie nichts gesagt hat, was die geringste Gefühlsregung ausgedrückt hätte. Sie hat deine Fotografie angesehen, sogar die Rückseite nach vorn gedreht, auf der zufällig deine Adresse steht. Aber sie ließ sich dadurch zu keiner Gefühlsäußerung hinreißen. Es geht ihr gar nicht so nah.«

»Warum hast du dann Angst vor ihr?«

»Vor ihr hatte ich keine Angst. Aber vor dir.«

»Dachtest du vielleicht, ich würde mich in sie verlieben? Auf eine derartige Möglichkeit hast du noch nie angespielt«, fuhr er fort, als ich schwieg. »Du hast sie mir zwar als bewundernswerte Person hingestellt, aber in dem Licht hast du sie mir nie erscheinen lassen.«

»Willst du damit sagen, daß du es, wenn dem so gewesen wäre, schon irgendwie eingerichtet hättest, einen Blick auf sie zu erhaschen? Ich empfand damals keine Bedenken«, fügte ich hinzu. »Ich hatte noch keinen Grund dazu.«

Er küßte mich daraufhin, und bei dem Gedanken, daß sie ein oder zwei Stunden zuvor dasselbe getan hatte, war mir einen Augenblick lang, als empfinge er von meinen Lippen unmittelbar den Druck der ihren. Trotz der Küsse hatte der Vorfall eine gewisse Frostigkeit aufkommen lassen, und ich litt schrecklich unter dem Bewußtsein, daß er mich bei einem Betrug ertappt hatte. Er wußte nur durch mein offenes Geständnis davon, aber ich war so unglücklich, als hätte ich einen Makel, den es zu tilgen galt. Ich konnte den Gesichtsausdruck nicht mehr vergessen, mit dem er mich ansah, als ich von ihrer offenkundigen Gleichgültigkeit angesichts seines Nichterscheinens sprach. Zum ersten Mal, seit ich ihn kennengelernt hatte, schien er meine Worte anzuzweifeln. Bevor wir uns trennten, versprach ich, sie aufzuklären und als erstes in der Frühe nach Richmond zu fahren und ihr dort mitzuteilen, daß er schuldlos war. Bei diesen Worten küßte er mich wieder. Ich würde meine Sünde büßen, sagte ich; ich würde in Sack und Asche gehen, ich würde beichten und um Vergebung bitten. Bei diesen Worten küßte er mich erneut.

5

Im Zug schien es mir am nächsten Tag, als habe er einem für ihn sehr vorteilhaften Angebot zugestimmt; aber mein Vorsatz war so fest gefaßt, daß ich mich nicht beirren ließ. Ich stieg die Anhöhe bergan bis zu der Stelle, wo die Aussicht anfängt, und klopfte an ihre Tür. Ich war leicht irritiert von der Tatsache, daß die Vorhänge noch zugezogen waren, und überlegte, daß ich, selbst wenn ich unter dem Druck meiner Reue sehr früh gekommen war, den Bewohnern dennoch mit Sicherheit ausreichend Zeit zum Aufstehen gelassen hatte.

»Zu Hause, gnädige Frau? Sie ist für immer von zu Hause weggegangen.«

Ich war außerordentlich erschrocken von dieser Feststellung des ältlichen Hausmädchens. »Ist sie verreist?«

»Sie ist tot, gnädige Frau, bitte schön.« Dann, als ich bei dem entsetzlichen Wort nach Luft rang: »Sie ist gestern abend gestorben.«

Der Aufschrei, der mir entfuhr, klang selbst in meinen eigenen Ohren wie eine schrille Entweihung der Stunde. Einen Augenblick lang fühlte ich mich, als hätte ich sie getötet; ich verlor die Besinnung und nahm wie durch einen Nebel wahr, daß die Frau die Arme nach mir ausstreckte. Ich erinnere mich nicht mehr an das, was unmittelbar danach geschah, noch an irgend etwas anderes als an die arme, einfältige

Cousine meiner Freundin, die mich in einem verdunkelten Raum nach einer vermutlich sehr kurzen Zeitspanne in einer erstickten, anklagenden Weise anschluchzte. Ich kann nicht sagen, wie lange ich brauchte, um zu begreifen, zu glauben und dann mit übermenschlicher Anstrengung die Gewissensbisse zu unterdrücken, die anfänglich beinahe das einzige waren, die mir in einer krampfhaft schuldbewußten ersten Regung deutlich wurden. Der Arzt hatte sich angesichts vollendeter Tatsachen überaus weise und klar geäußert: Er war überzeugt von einer schon sehr lange schwelenden Schwäche des Herzens, mutmaßlich vor Jahren durch die Erschütterungen und Schrecken bedingt, in die ihre Ehe sie gestürzt hatte. Sie hatte in jenen Tagen grausame Szenen mit ihrem Mann erlebt, hatte um ihr Leben bangen müssen. Jegliche Gemütsbewegung, alles Angst- oder Spannungerzeugende mußte danach streng gemieden werden, was sie offensichtlich in Form des ruhigen Lebensstils, den sie pflegte, beherzigte; aber wer wollte behaupten, daß irgendein Mensch, insbesondere eine »richtige Dame«, erfolgreich vor jeglicher kleinen Aufregung bewahrt werden konnte? Eine hatte sie ein oder zwei Tage zuvor in Gestalt der Nachricht vom Tod ihres Mannes erlebt; denn es gab die unterschiedlichsten Erschütterungen, nicht nur im Zusammenhang mit Trauer oder Überraschung. Übrigens hatte sie sich eine so nahe Erlösung nie träumen lassen: Es hatte durchaus danach ausgesehen, als würde er ebenso lange leben wie sie selbst. Dann, an jenem Abend in der Stadt, hatte sie offenbar eine weitere erlebt: Etwas mußte dort geschehen sein, was dringend der Aufklärung bedurfte. Sie war sehr spät zurückgekehrt – es war nach elf Uhr gewesen, und als sie in der Diele von ihrer Cousine empfangen wurde, die sich außerordentlich um sie gesorgt hatte, sagte sie, daß sie müde sei und sich einen Augenblick ausruhen müsse, bevor sie nach oben ginge. Sie waren zusammen ins Eßzimmer gegangen, wo ihre Gefährtin ihr ein Gläschen Wein vorschlug und geschäftig zur Anrichte strebte, um ihn einzuschenken. Es dauerte nur einen Augenblick, und als meine Informantin sich umdrehte, hatte unsere bedauernswerte Freundin nicht einmal mehr Zeit gehabt, Platz zu nehmen. Mit einem kleinen, kaum hörbaren Stöhnen sank sie unvermittelt aufs Sofa. Sie war tot. Welche unbekannte »kleine Aufregung« hatte ihr den tödlichen Schlag erteilt? Was für eine Erschütterung mochte ihr bloß in der Stadt widerfahren sein? Ich kam sofort auf die einzige zu sprechen, die ich mir vorstellen konnte – daß es ihr versagt gewesen sei, in meinem Hause, wohin sie auf meine Einladung eigens zu diesem Zweck gekommen war, den Gentleman zu treffen, dem ich angetraut werden sollte, und der jedoch zufällig verhindert gewesen sei, und mit dem sie bisher noch keinerlei Bekanntschaft geschlossen hatte. Das wirkte offenbar wenig einleuchtend; aber es konnte ihr leicht etwas anderes zugestoßen sein:

Nichts war in den Londoner Straßen wahrscheinlicher als ein Unfall, insbesondere ein Unfall in diesen gräßlichen Droschken. Was hatte sie getan, wohin war sie gegangen, nachdem sie mein Haus verlassen hatte? Ich war selbstverständlich davon ausgegangen, daß sie ohne Umwege nach Hause gefahren sei. In diesem Augenblick fiel uns beiden ein, daß sie bei ihren Ausflügen in die Stadt gelegentlich, bei Bedarf, zur Erfrischung ein bis zwei Stunden im »Gentlewomen« verbrachte, einem ruhigen kleinen Damenklub, und ich versprach, daß es mein erstes Anliegen sein würde, mich dort gründlich umzuhorchen. Dann betraten wir das düstere Gemach, wo sie lag, eng umschlungen vom Tod, und wo ich nach einer kleinen Weile darum bat, mit ihr alleingelassen zu werden, und eine halbe Stunde bei ihr verbrachte. Der Tod hatte sie schön gemacht, für immer; aber ich empfand vor allem, als ich neben ihrem Bett kniete, daß er sie zum Schweigen gebracht hatte, für immer. Er hatte einen Riegel vor etwas geschoben, das mich zutiefst betraf.

Nach meiner Rückkehr aus Richmond und nachdem ich eine weitere Verpflichtung erledigt hatte, fuhr ich zu seiner Junggesellenwohnung. Es war das erste Mal, aber ich hatte sie schon oft sehen wollen. Im Treppenhaus, welches, da das Gebäude zwanzig Zimmerfluchten enthielt, uneingeschränkt zugänglich war, begegnete ich seinem Hausdiener, der mit mir umkehrte und mich einließ. Als er mich eintreten hörte, erschien er in der Türöffnung eines weiteren Raumes, und sobald wir miteinander allein waren, brachte ich meine Nachricht hervor: »Sie ist tot!«

»Tot?«

Er war zutiefst getroffen, und ich bemerkte, daß er gar nicht zu fragen brauchte, von wem ich so unvermittelt sprach.

»Sie ist gestern abend gestorben – kurz nachdem sie sich von mir verabschiedet hat.«

Er starrte mich mit einem äußerst befremdlichen Ausdruck an, seine Augen forschten in den meinen, als suchten sie nach einer Falle. »Gestern abend – nachdem sie sich von dir verabschiedet hat?« Er wiederholte fassungslos meine Worte. Dann stammelte er, so daß ich meinerseits fassungslos vernahm: »Unmöglich! Ich habe sie gesehen.«

»Du hast sie ›gesehen‹?«

»Auf diesem Fleck – genau da, wo du jetzt stehst.« Das rief mir nach einem Augenblick, wie um mir das Begreifen zu erleichtern, die wundersame Weissagung seiner Jugend in Erinnerung. »In der Stunde des Todes – ich begreife: wie die rührende Begegnung mit deiner Mutter.«

»Ach! *Nicht* so, wie ich meine Mutter sah – nicht so, ganz und gar nicht!«

Er war tief ergriffen von meiner Nachricht – weitaus ergriffener, bemerkte ich, als er noch am Vortag gewesen wäre. Ich gewann den lebhaften Eindruck, daß, wie ich es mir gestern schon gesagt hatte, in der

Tat eine Beziehung zwischen ihnen bestand und daß er ihr tatsächlich gegenübergestanden hatte. Eine solche Vorstellung hätte ihn durch den erneuten Nachweis seiner außergewöhnlichen Begabung plötzlich als schmerzlich anormal erscheinen lassen, hätte er nicht so vehement den Unterschied hervorgehoben.

»Ich sah sie leibhaftig – ich hätte zu ihr sprechen können – ich sah sie so, wie ich dich jetzt sehe!«

Bemerkenswerterweise fand ich einen Augenblick lang, jedoch nur einen Augenblick lang, Trost in dem gewissermaßen persönlicheren, aber auch natürlicheren der beiden sonderbaren Tatbestände. Ich versuchte, mich der Vorstellung hinzugeben, daß sie, nachdem sie mich verlassen hatte, zu ihm gegangen war, und im Geist zu überschlagen, wieviel von der ihr zur Verfügung stehenden Zeit das ausgemacht haben mochte, und fragte dann mit einer Spur Schärfe, deren ich mir bewußt war:

»Was wollte sie denn hier, um alles in der Welt?«

Er hatte inzwischen eine kleine Denkpause gehabt – um sich zu erholen und wieder zur Besinnung zu kommen, so daß er, obwohl er noch immer mit erregtem Blick sprach, eine verlegene Röte zeigte und einen wenig gelungenen Versuch machte, den Ernst seiner Worte wegzulächeln.

»Sie kam schlicht, um mich zu besuchen. Sie kam – nach dem, was sich in deinem Haus abgespielt hatte –, damit wir uns endlich *doch* noch kennenlernen konn-

ten. Ich fand den Einfall ausgezeichnet und habe mich auch entsprechend verhalten.«
Ich sah mich in dem Raum um, in dem sie gewesen war – in dem sie schon gewesen und ich noch nie gewesen war.
»Und entsprach die Art, wie du dich verhieltest, der Art, wie sie ihm Ausdruck verlieh?« fragte ich erstaunt.
»Sie verlieh ihm lediglich dadurch Ausdruck, daß sie hier war und mir gestattete, sie anzusehen. Das war genug!« rief er mit eigentümlichem Lachen aus.
Ich staunte immer mehr. »Willst du damit sagen, daß sie nicht mit dir gesprochen hat?«
»Sie sagte nichts. Sie sah mich nur an, während ich sie ansah.«
»Und du hast auch nichts gesagt?«
Er warf mir wieder sein gequältes Lächeln zu. »Ich dachte an *dich*. Die Situation war in jeder Hinsicht prekär. Ich verhielt mich so zurückhaltend wie möglich. Aber sie merkte, daß sie mir Freude bereitete.« Er wiederholte sogar sein mißtönendes Lachen.
»Freilich hat sie dir Freude bereitet!« Dann dachte ich einen Augenblick nach. »Wie lang ist sie denn dageblieben?«
»Wie soll ich das sagen? Es kam mir vor wie zwanzig Minuten, aber vermutlich war es wesentlich kürzer.«
»Zwanzig Minuten Schweigen!« Allmählich stand meine Meinung fest, an die ich mich auch schon zu

klammern begann. »Weißt du eigentlich, daß du mir eine absolut ungeheuerliche Geschichte erzählst?«
Er hatte mit dem Rücken zum Kaminfeuer gestanden. Nach diesen Worten kam er mit bittender Miene auf mich zu. »Ich flehe dich an, sie wohlwollend aufzunehmen, Liebste.«
Ich konnte sie wohlwollend aufnehmen und gab ihm das zu verstehen; aber als er die Arme etwas unbeholfen ausbreitete, sträubte sich etwas in mir, mich von ihm an sich ziehen zu lassen. Und so legte sich während einer beträchtlichen Zeitspanne ein unbehagliches tiefes Schweigen zwischen uns.

6

Er brach es nach einer Weile mit den Worten: »Besteht gar kein Zweifel an ihrem Tod?«
»Nicht der geringste, leider. Ich habe eben erst neben ihrem Bett gekniet, auf dem sie sie aufgebahrt haben.«
Er heftete die Augen angestrengt auf den Boden. Dann hob er sie zu den meinen. »Wie sieht sie aus?«
»Sie sieht – friedvoll aus.«
Er wandte sich wieder ab, während ich ihn ansah; aber kurz darauf hob er an: »Um welche Zeit ist sie denn – – –?«
»Es muß kurz vor Mitternacht gewesen sein. Sie starb von einer Minute auf die andere, als sie bei sich

zu Hause ankam – an einem Herzleiden, von dem nur sie und ihr Arzt wußten, das sie aber geduldig und tapfer ertrug, ohne mir jemals etwas davon zu sagen.«

Er hörte aufmerksam zu und war eine Minute lang unfähig zu sprechen. Schließlich brach es aus ihm hervor, in einem Tonfall, dessen schon beinahe jungenhafte Unbekümmertheit und geradezu himmlische Schlichtheit noch in mir nachklingen, während ich schreibe: »War sie nicht *wundervoll*!« Selbst damals konnte ich seiner Begeisterung immerhin so viel Gerechtigkeit angedeihen lassen, daß ich entgegnete, ich hätte es ihm ja schon immer gesagt; aber, als sei ihm nach seinem Ausruf plötzlich eingefallen, was er mir zugemutet haben könnte, fuhr er gleich darauf eilig fort: »Du siehst ja, wenn sie erst um Mitternacht nach Hause kam – – –«

Ich ergänzte unverzüglich: »Dann blieb reichlich Zeit, in der du sie gesehen haben kannst? Wie das«, fragte ich, »wo du doch erst zu später Stunde von mir weggegangen bist? Ich kann mich nicht an die genaue Uhrzeit erinnern – ich war zu beschäftigt. Aber du wirst noch wissen, daß du, obwohl du sagtest, du hättest eine Menge zu tun, nach dem Abendessen eine Weile dageblieben bist. Sie war ihrerseits den ganzen Abend über im ›Gentlewomen‹. Ich komme gerade von dorther – ich habe nachgefragt. Sie hatte sich Tee bestellt; und sie blieb sehr, sehr lange Zeit da.«

»Was hat sie denn so sehr, sehr lange dort gemacht?« Ich merkte, daß er eifrig bemüht war, meine Darstellung der Geschichte Schritt für Schritt in Frage zu stellen; und je mehr er das zeigte, desto mehr war mir danach zumute, auf dieser Darstellung zu beharren, mit offenkundigem Eigensinn eine Deutung zu bevorzugen, die nur das Märchenhafte und Mysteriöse vertiefte, die jedoch meine wiederaufflackernde Eifersucht von den beiden wundersamen Ereignissen, unter denen sie zu wählen hatte, am leichtesten verkraften konnte. Er stand da und argumentierte mit einer Aufrichtigkeit, die mir jetzt, da ich mich trotz meiner schweren Niederlage glücklich schätze, der lebendigen Frau begegnet zu sein, schön erscheint; während ich mit einer Leidenschaft, die mich heute verblüfft, obwohl sie in gewisser Weise noch immer leise schwelt, nur erwidern konnte, daß dank einer merkwürdigen Gabe, die sie mit seiner Mutter gemein hatte und die ihrerseits gleichermaßen in der Familie lag, das Wunder aus seiner Jugend sich für ihn wiederholt hatte, wie das Wunder aus der ihren sich für sie wiederholt hatte. Sie war bei ihm gewesen – ja, dank einer Eingebung, die ihm noch so reizend erscheinen mochte; aber ach!, sie war es nicht leibhaftig gewesen. Die Beweise sprachen für sich. Ich hatte, so versicherte ich ihm, in dem kleinen Klub eine eindeutige Zeugenaussage darüber bekommen, wie sie den größten Teil ihrer Zeit verbracht hatte. Das Lokal war fast leer gewesen, aber die Angestellten hatten sie bemerkt. Sie war regungslos in einem tiefen Sessel neben dem Kamin im Salon gesessen; sie hatte den Kopf zurückgelehnt und die Augen geschlossen, sie schien zu schlummern.

»Aha. Aber bis um wieviel Uhr?«

»In dieser Hinsicht«, mußte ich ihm entgegnen, »läßt mich das Personal ein bißchen im Stich. Die Portiersfrau insbesondere ist leider eine törichte Person, obwohl auch sie angeblich eine Adelige ist. Sie war anscheinend während dieses Teils des Abends entgegen der Hausordnung ohne Vertretung ein Weilchen aus ihrer Loge abwesend, von wo aus es ihre Aufgabe ist, das Kommen und Gehen zu beobachten. Sie ist wirr im Kopf, sie verdreht offensichtlich die Fakten; daher kann ich dir aufgrund ihrer Beobachtungen keine eindeutige Zeitangabe machen. Aber gegen halb elf hat jemand bemerkt, daß unsere bedauernswerte Freundin nicht mehr im Klub war.«

»Sie kam geradewegs hierher. Und von hier aus ging sie geradewegs zum Zug.«

»Sie kann unmöglich so knapp kalkuliert haben«, erklärte ich. »Das war etwas, was sie prinzipiell nie tat.«

»Es gab keinen Grund, knapp zu kalkulieren, meine Liebe – sie hatte genügend Zeit. Du irrst, wenn du meinst, dich zu erinnern, ich sei spät weggegangen: Ich bin aber nun einmal ungewöhnlich früh gegangen. Es tut mir leid, wenn dir mein Besuch bei dir lang erschien; denn ich war um zehn wieder hier.«

»Um in die Pantoffeln zu schlüpfen«, fiel ich wieder ein, »und in deinem Sessel einzuschlafen. Du hast bis zum nächsten Morgen durchgeschlafen – sie ist dir im Traum erschienen!« Er sah mich schweigend mit düsterer Miene an, mit Augen, die mir bewiesen, daß er irgendeinen Ärger unterdrückte. Kurz darauf fuhr ich fort: »Du hattest Besuch, zu außergewöhnlicher Stunde, von einer Dame – sei's drum: Nichts ist wahrscheinlicher. Aber es gibt Damen und Damen. Wie, um Himmels willen, solltest du, wenn sie unangekündigt kam und stumm blieb und du obendrein noch kein einziges Bild von ihr gesehen hattest – in der Lage sein, die Person, von der wir sprechen, zu erkennen?«

»Hat man sie mir nicht bis zum Überdruß beschrieben? Ich kann sie dir bis in jede Einzelheit beschreiben.«

»Tu's nicht!« rief ich so impulsiv, daß er wieder lachen mußte. Ich wurde rot, fuhr aber dennoch fort: »Hat dein Diener sie dir vorgestellt?«

»Er war nicht da – er ist nie da, wenn er gebraucht wird. Es gehört zu den Eigentümlichkeiten dieses Hauses, daß die verschiedenen Stockwerke von der Haustür aus praktisch ohne Überwachung zugänglich sind. Mein Diener macht einer jungen Person den Hof, die in den Räumen über diesen hier angestellt ist, und er hatte gestern abend ein ausgedehntes Schäferstündchen mit ihr. Wenn er in der Angelegenheit unterwegs ist, läßt er meine Wohnungstür zum Treppenhaus hin immer gerade so weit offenstehen, daß er geräuschlos wieder hereinschlüpfen kann. Die Tür geht dann auf leichten Druck auf. Sie hat dagegengedrückt – dazu brauchte es bloß ein kleines bißchen Mut.«

»Ein kleines bißchen? Eine Unmenge Mut brauchte es. Und es bedurfte der unmöglichsten Überlegungen.«

»Gut, mag sein – sie hat sie angestellt. Wohlgemerkt, ich leugne nicht einen Augenblick«, fügte er hinzu, »daß es ganz, ganz wunderbar war!«

Etwas in seinem Tonfall ließ mich eine Weile befürchten, meine Stimme könnte versagen. Endlich sagte ich: »Woher wußte sie denn, wo du wohnst?«

»Sie erinnerte sich noch an die Adresse auf dem kleinen Aufkleber, die der Händler glücklicherweise auf den Bilderrahmen klebte, den ich für meine Fotografie anfertigen ließ.«

»Und wie war sie gekleidet?«

»Sie trug Trauer, mein Herz. Keine wallenden Trauergewänder, nur schlichtes, korrektes Schwarz. In ihrem Hut steckten drei zierliche schwarze Federn. Sie trug einen kleinen Astrachanmuff. Sie hat neben dem linken Auge«, fuhr er fort, »eine winzige, senkrechte Narbe – – –«

Ich unterbrach ihn. »Ein Zärtlichkeitsbeweis ihres Ehemannes.« Dann fügte ich hinzu: »Wie nah du ihr gewesen sein mußt!« Er ging nicht darauf ein, und mir war, als errötete er, eine Beobachtung, angesichts deren ich das Gespräch abrupt abbrach. »Also, auf Wiedersehen.«

»Willst du nicht noch ein Weilchen bleiben?« Er kam wieder liebevoll auf mich zu, und diesmal ließ ich ihn gewähren. »Ihr Besuch hatte seinen Reiz«, murmelte er, als er mich in die Arme nahm, »aber der deine hat einen noch größeren.«

Ich ließ mich von ihm küssen, mußte aber, wie schon am Tag zuvor, daran denken, daß der letzte Kuß, den sie vermutlich in ihrem Leben gab, den Lippen gegolten hatte, die er berührte.

»Siehst du, ich bin Leben«, antwortete ich. »Was du gestern abend erlebt hast, war Tod.«

»Es war Leben – es war Leben!«

Er sprach mit einer Art sanftmütiger Hartnäckigkeit, und ich löste mich aus seiner Umarmung. Wir blickten einander angestrengt an.

»Du beschreibst die Szene – sofern du sie überhaupt beschreibst – in einer unverständlichen Sprache. Sie war im Raum, ehe du es gemerkt hast?«

»Ich blickte auf – da drüben, unter der Lampe, war ich völlig vertieft ins Briefeschreiben –, und da stand sie vor mir.«

»Und was hast du dann gemacht?«

»Ich sprang mit einem Ausruf der Verwunderung auf, und sie legte mit einem Lächeln den Finger eindringlich warnend und doch mit einer Art anmutiger Würde an die Lippen. Ich wußte, daß diese Geste Schweigen bedeutete, aber seltsamerweise schien sie ihre Anwesenheit unmittelbar zu erklären und zu rechtfertigen. Jedenfalls standen wir einander während einer Zeitspanne, die ich, wie ich dir bereits gesagt habe, nicht ermessen kann, von Angesicht zu Angesicht gegenüber. Genauso, wie du und ich jetzt dastehen.«

»Und habt euch nur angestarrt?«

Er widersprach ungehalten. »Ach! *Wir* starren uns doch nicht an!«

»Ja, aber wir sprechen miteinander.«

»Nun, *wir* taten das auch – auf eine gewisse Art.« Er gab sich der Erinnerung hin. »Ebenso herzlich wie wir jetzt.« Mir lag auf der Zunge zu fragen, ob das wirklich dafür spräche, aber statt dessen bemerkte ich, daß sie offenkundig damit beschäftigt gewesen waren, einander in gegenseitiger Bewunderung anzustaunen. Dann erkundigte ich mich, ob er sie auf Anhieb erkannt habe. »Nicht ganz«, entgegnete er, »denn ich hatte sie selbstverständlich nicht erwartet; aber lange bevor sie wieder verschwand, ging mir auf, wer sie war – wer sie nur sein konnte.«

Ich dachte kurz nach. »Und wie ist sie zu guter Letzt gegangen?«

»Genauso, wie sie kam. Die Tür hinter ihr stand offen, und sie ging einfach hinaus.«

»Bewegte sie sich rasch – langsam?«

»Ziemlich schnell. Aber während ich so hinter ihr herschaute«, fügte er mit einem Lächeln hinzu, »ließ ich sie gehen, denn ich begriff vollkommen, daß ich mich ihrem Wunsch fügen mußte.«

Mir wurde bewußt, daß ich einen langen, dumpfen

Seufzer ausstieß. »Nun, du mußt dich jetzt *meinem* Wunsch fügen – du mußt *mich* gehen lassen.«
Bei diesen Worten trat er wieder auf mich zu, hielt mich zurück und beschwor mich und erklärte mit aller gebotenen Galanterie, daß es mit mir eine vollkommen andere Sache sei. Ich hätte alles gegeben, wäre ich in der Lage gewesen, ihn zu fragen, ob er sie berührt habe, aber die Worte gehorchten mir nicht: Ich wußte nur zu gut, wie abscheulich und vulgär sie sich anhören würden. Ich sagte etwas anderes – ich erinnere mich nicht mehr genau daran, was es war; es war ein umständliches Gestammel, das ihn dazu bewegen sollte, mir die Antwort zu geben, ohne daß ich die Frage zu stellen brauchte. Aber er sagte es mir nicht; er wiederholte lediglich, als habe er sich plötzlich darauf besonnen, daß es sich schickte, mich zu besänftigen und zu trösten, den Inhalt seiner wenige Minuten zuvor gemachten Erklärung – die Versicherung, daß sie tatsächlich ein reizendes Geschöpf sei, wie ich schon immer beteuert hatte, aber daß ich seine »wahre« Freundin sei und ihm für immer angehöre. Das veranlaßte mich dazu, erneut im Sinne meiner vorausgegangenen Erwiderung zu bekräftigen, daß ich immerhin den Vorzug besaß, lebendig zu sein. Was wiederum bei ihm den Proteststurm auslöste, den ich fürchtete. »Oh, *sie* war lebendig! Das war sie, wahrhaftig!«
»Sie war tot! Sie war tot!« beteuerte ich mit einer wilden Entschlossenheit, daß es so sein möge, die mir

rückblickend beinahe grotesk erscheint. Aber der laut hallende Klang des Wortes erfüllte mich plötzlich mit Entsetzen, und all die natürlichen Empfindungen, die sein Sinn unter anderen Bedingungen hervorgerufen hätte, strömten zusammen und brachen in einer Sturzflut hervor. Die Erkenntnis überrollte mich, daß hier eine große Zuneigung erstickt worden war, und wie sehr ich sie geliebt und ihr vertraut hatte. Gleichzeitig sah ich die einsame Schönheit ihres Endes vor mir. »Sie ist von uns gegangen – sie ist für immer für uns verloren!«

Ich brach in Schluchzen aus.

»Genauso empfinde ich es auch«, rief er aus, sprach mit außerordentlicher Herzlichkeit auf mich ein und drückte mich tröstend an sich. »Sie ist von uns gegangen; sie ist für immer für uns verloren: Was spielt alles andere noch für eine Rolle?« Er beugte sich über mich, und als sein Gesicht das meine berührte, konnte ich kaum unterscheiden, ob es von seinen Tränen oder den meinen feucht war.

7

Es war meine Theorie, meine Überzeugung und wurde sozusagen zu meinem Kredo, daß sie einander dennoch nie »begegnet« waren; und aus ebendiesem Grunde sagte ich mir, daß es eine großmütige Geste wäre, ihn zu bitten, sich mit mir neben ihr Grab zu stellen. Er tat es, sehr bescheiden und liebevoll, und obwohl ihn die Gefahr sichtlich kaltließ, nahm ich an, daß der Ernst der Feier, zu der sich größtenteils Personen einfanden, die alle beide gekannt hatten und um die jahrelange Komödie wußten, seiner Anwesenheit jegliche leichtfertigen Gedankenverbindungen nehmen würde. Bezüglich der Frage nach dem Verlauf ihres Todesabends fiel kaum noch ein Wort zwischen uns; mich hatte ein Grauen vor dem Wesen des Beweisens erfaßt. Es erschien mir roh und indiskret hinsichtlich beider Hypothesen. Er konnte seinerseits mit keinerlei Zeugenaussagen aufwarten, mit nichts jedenfalls außer einer Erklärung seines Hausportiers – seinem eigenen Eingeständnis zufolge ein höchst nachlässiger und unsteter Patron –, wonach zwischen zehn Uhr und Mitternacht nicht weniger als drei tiefschwarz gekleidete Damen ins Haus hinein- und wieder herausgehuscht waren. Das war zuviel des Guten; wir hatten beide keine Verwendung für drei. Ihm war bekannt, daß ich meinte, über jeden Bruchteil ihrer Zeit Rechenschaft abgelegt zu haben, wir betrachteten die Angelegenheit als erledigt; wir enthielten uns weiterer Diskussionen. Was *ich* jedoch wußte, war, daß er sich ihrer eher enthielt, um mir einen Gefallen zu tun, und nicht so sehr, weil er sich meinen Argumenten beugte. Er beugte sich nicht – er war nur nachsichtig; er hielt an seiner Deutung fest, weil sie ihm besser gefiel. Sie gefiel ihm meiner Ansicht nach besser, weil sie seiner Eitelkeit mehr zusagte. Das hätte sie in einer vergleichbaren Lage bei mir nicht bewirkt, obwohl ich zweifellos ebensoviel davon besaß; aber das sind Fragen der individuellen Veranlagung, in denen kein Mensch für einen anderen urteilen kann. Ich hätte es mir beglükkender vorgestellt, Gegenstand einer dieser unerklärlichen Begebenheiten zu sein, die in aufregenden Büchern aufgezeichnet sind und auf gelehrten Veranstaltungen erörtert werden. Ich konnte mir für ein soeben vom Unendlichen umschlungenes und noch von menschlicher Empfindung bebendes Wesen nichts Schöneres und Reineres, nichts Größeres und Erhebenderes vorstellen als solch eine spontane Geste der Wiedergutmachung, der warnenden Vorhersage oder sogar der Neugierde. *Das* war eigentlich das Schöne, und an seiner Stelle hätte ich mich geschmeichelt gefühlt über eine derartige Auszeichnung. Es war allgemein bekannt, daß er schon seit langem auserwählt war, und war das nicht an sich schon so gut wie ein Beweis? Jede der merkwürdigen Erscheinungen trug dazu bei, die andere zu untermauern. Er empfand das anders; aber er verspürte auch, das will ich nicht verschweigen, den eindeutigen Wunsch, kein Aufhebens zu machen oder, wie es so schön heißt, deshalb keinen Staub aufzuwirbeln. Ich mochte glauben, was ich wollte – um so mehr, als die ganze Angelegenheit in gewisser Weise ein von mir inszeniertes Mysterium war. Es war ein Stück meiner Geschichte, ein Verwirrspiel meiner Wahrnehmung,

nicht der seinen; daher nahm er dazu jeweils die Haltung an, die mir genehm war. Wir hatten jedenfalls beide anderes zu tun; auf uns lasteten die Vorbereitungen für unsere Hochzeit.
Die meinen waren gewiß dringend, aber ich stellte mit der Zeit fest, daß mein Glaube an das, was mir »gefiel«, gleichbedeutend war mit dem Glauben an das, wovon ich immer tiefer überzeugt war. Ich stellte auch fest, daß es mir gar nicht so besonders gefiel oder daß die Freude jedenfalls weit davon entfernt war, die Ursache meiner Überzeugung zu sein. Meine Wahnvorstellung, wie ich sie wirklich nennen kann, ließ sich, das wurde mir allmählich bewußt, nicht, wie ich gehofft hatte, durch mein Pflichtgefühl gegenüber vorrangigen Dingen verdrängen. Soviel ich auch zu tun hatte, ich hatte noch mehr nachzudenken, und es kam der Moment, in dem mein Tun ernstlich unter meinen Gedanken litt. Ich erkenne jetzt alles, ich spüre es, durchlebe es noch einmal. Es ist schrecklich freudlos, randvoll von Bitterkeit; und doch darf ich nicht ungerecht zu mir selber sein – ich hätte mich beim besten Willen gar nicht anders verhalten können. Dieselben seltsamen Eindrücke, sollte ich sie noch einmal erleben, würden dieselbe tiefe Beklommenheit, dieselben bohrenden Zweifel, dieselben noch tiefer bohrenden Gewißheiten hervorrufen. Ach, es ist leichter, sich an das alles zu erinnern, als es aufzuschreiben, aber selbst wenn ich die Geschichte Stunde für Stunde zurückverfolgen könnte,

Worte für das Unsagbare fände, würden das Absto-ßende und Quälende meine Hand rasch ins Stocken bringen. Lassen Sie mich deshalb kurz und bündig festhalten, daß ich eine Woche vor dem Tag unserer Hochzeit, drei Wochen nach ihrem Tod, klar erkannte, daß ich mich einem sehr schwerwiegenden Problem stellen mußte und daß ich mich dieser Anstrengung, sofern ich sie überhaupt machte, auf der Stelle und ohne auch nur eine Stunde zu verlieren, unterziehen mußte. Meine ungestillte Eifersucht – sie war das Medusenhaupt. Sie war mit ihrem Tod nicht gestorben, sie hatte ingrimmig überlebt und wurde von unsäglichem Argwohn genährt. Es *wäre* zumindest heute unsäglich, das heißt, wenn ich damals nicht das quälende Bedürfnis verspürt hätte, ihn zu äußern. Dieses Bedürfnis bemächtigte sich meiner – um mich, wie es schien, vor meinem Schicksal zu bewahren. Nachdem es die Oberhand gewonnen hatte, sah ich – angesichts der Dringlichkeit des Problems, der schwindenden Stunden, der schrumpfenden Frist – nur einen Ausweg, den der absoluten Bereitschaft zum raschen Handeln und zur Offenheit. Ich konnte es ihm wenigstens ersparen, die Sache noch einen Tag hinauszuzögern; ich konnte wenigstens mein Problem als zu delikat für eine Ausflucht betrachten. Infolgedessen eröffnete ich ihm sehr ruhig, aber nichtsdestoweniger abrupt und unbeschönigt, eines Abends, daß wir unsere Situation neu überdenken und erkennen müßten, daß sie sich vollständig geändert habe.

Er wich meinen Augen nicht aus. »Inwiefern hat sie sich geändert?«
»Eine andere Person hat sich zwischen uns gestellt.«
Er zögerte einen Augenblick. »Ich kann nicht umhin zuzugeben, daß ich weiß, wen du meinst.« Er lächelte mitleidig über meine abwegigen Gedanken, meinte es aber gut. »Eine Frau, die tot und begraben ist.«
»Sie ist begraben, aber sie ist nicht tot. Für die Welt ist sie tot – für mich ist sie tot. Aber für *dich* ist sie nicht tot.«
»Spielst du damit auf die unterschiedlichen Deutungen an, mit denen wir ihren Besuch an jenem Abend bedachten?«
»Nein«, antwortete ich, »ich spiele auf nichts Vergangenes an. Das ist nicht in meinem Sinne. Das, was ich vor mir habe, macht mir mehr als genug zu schaffen.«
»Und was ist das, wenn ich bitten darf, mein Herz?«
»Du bist vollkommen verändert.«
»Durch diese absurde Geschichte?« lachte er.
»Weniger dadurch, als durch andere absurde Dinge, die sich daraus ergeben haben.«
»Und was wären diese?«
Wir blickten einander offen in die Augen, ohne mit der Wimper zu zucken; aber in den seinen glomm ein schwacher, sonderbarer Funke, und meine Gewißheit triumphierte angesichts seiner sichtbaren Blässe. »Willst du ernstlich behaupten«, fragte ich, »daß du nicht weißt, worum es sich handelt?«

»Mein liebes Kind«, entgegnete er, »du beschreibst sie gar zu ungenau!«
Ich dachte einen Augenblick nach. »Es dürfte sich allerdings als problematisch erweisen, zu einem fertigen Bild zu kommen! Aber was war, so gesehen – und von Anfang an – je problematischer als deine eigentümliche Veranlagung?«
Er verhielt sich höchst ausweichend. »Meine eigentümliche Veranlagung?«
»Deine berühmt-berüchtigte Fähigkeit.«
Er antwortete mit einem überaus unwilligen Schulterzucken, einem übertrieben geringschätzigen Seufzer. »Ach, meine berüchtigte Fähigkeit!«
»Dein Zugang zu Formen des Lebens«, fuhr ich ungerührt fort, »die Tatsache, daß du über Eindrücke, Erscheinungen, Kontakte verfügst, die den übrigen von uns – zu unserem Glück oder Unglück – verschlossen sind. Das machte ursprünglich einen Teil des tiefen Interesses aus, das du in mir wachgerufen hast – es war einer der Gründe dafür, daß ich froh, ja sogar regelrecht stolz darauf bin, dich zu kennen. Es war eine hohe Auszeichnung; es ist noch heute eine hohe Auszeichnung. Aber natürlich konnte ich damals nicht ahnen, wie sie sich später einmal auswirken würde; und selbst wenn ich es vermocht hätte, hätte ich nicht voraussehen können, in welch außerordentlicher Weise mich ihre Auswirkungen berühren würden.«
»Worauf, in Gottes Namen«, fragte er flehend, »willst

du mit deinen phantastischen Anspielungen hinaus?« Und dann, als ich schwieg, um mich auf meinen Angriff einzustimmen, fuhr er fort: »Wie in aller Welt *wirkt* sie sich denn aus? Und wie in aller Welt wirst du davon berührt?«

»Sie hat dich fünf Jahre lang verfehlt«, sagte ich, »aber jetzt verfehlt sie dich nie mehr. Du willst jetzt alles nachholen!«

»Nachholen?« Sein weißes Gesicht fing an sich zu röten.

»Du siehst sie – du siehst sie: Du siehst sie jeden Abend!« Er stieß einen lauten, höhnenden Ton aus, aber er klang nicht echt. »Sie kommt zu dir, wie sie an jenem Abend kam«, erklärte ich; »nachdem sie es ausprobiert hatte, fand sie Geschmack daran!« Ich war, gottlob, imstande, ohne blinde Leidenschaft oder vulgäres Ungestüm zu sprechen; aber das waren genau die Worte – und damals erschienen sie mir alles andere als »ungenau« –, die ich äußerte. Er hatte sich bei seinem Gelächter abgewendet und klatschte über meinen Unfug in die Hände, aber kurz darauf blickte er mich wieder mit einem Mienenspiel an, das mich betroffen machte.

»Wagst du zu leugnen«, fragte ich, »daß du sie regelmäßig triffst?«

Er hatte beschlossen, Nachsicht zu üben, mir auf halbem Weg entgegenzukommen und mich gutmütig gewähren zu lassen. Jedenfalls sagte er plötzlich zu

meiner Verblüffung: »Nun, meine Liebe, und wenn es so wäre?«
»Es ist dein gutes Recht; es gehört zu deiner Veranlagung und zu deinem wundervollen und womöglich sogar höchst beneidenswerten Schicksal. Aber du wirst ohne weiteres begreifen, daß es uns trennt. Ich gebe dich bedingungslos frei.«
»Gibst mich frei?«
»Du mußt wählen zwischen mir und ihr.«
Er sah mich scharf an. »Ich verstehe.« Dann entfernte er sich ein paar Schritte, als begriffe er langsam, was ich gesagt hatte, und müßte überlegen, wie er am besten damit umgehen sollte. Schließlich wandte er sich mir erneut zu. »Wie um alles weißt du von einer so schrecklich intimen Sache?«
»Meinst du, weil du dich so sehr angestrengt hast, sie zu verbergen? Sie *ist* schrecklich intim, und du kannst mir glauben, daß ich dich nie verraten werde. Du hast getan, was du konntest, du hast deine Rolle gespielt, du hast dich, du Ärmster!, redlich und bewundernswert tapfer verhalten. Deshalb habe ich dich stillschweigend beobachtet und meinen Part gespielt; ich habe genau auf jedes Senken deiner Stimme, jeden abwesenden Ausdruck in deinen Augen, jede Anstrengung deiner teilnahmslosen Hand geachtet: ich habe gewartet, bis ich vollkommen sicher und todunglücklich war. Wie *willst* du es denn verbergen, wenn du sie abgöttisch liebst, wenn du beinahe vergehst vor Freude über das, was sie dir

gibt?« Ich gebot seiner raschen Protestgebärde mit einer noch rascheren Geste Einhalt. »Du liebst sie, wie du noch *nie* geliebt hast, und sie liebt dich in gleichem Maße! Sie beherrscht dich, sie hat dich in der Hand, sie besitzt dich ganz und gar! Eine Frau in einer Situation wie der meinen ahnt und spürt und sieht; sie ist nicht so töricht, daß sie zuverlässige Informationen braucht. Du gehst mechanisch mit mir um, zerknirscht, gibst mir die Überbleibsel deiner Zärtlichkeit, den traurigen Rest deines Lebens. Ich kann dir entsagen, auf dich verzichten, aber ich kann dich nicht teilen; das Beste von dir gehört ihr; ich weiß Bescheid und überlasse dich ihr aus freien Stükken und für immer!«

Er schlug sich galant, aber es ließ sich nicht mehr flicken; er stritt erneut alles ab, widerrief sein Geständnis, höhnte über meine Anschuldigung, deren unentschuldbare Exaltiertheit ich ihm obendrein freizügig eingestand. Ich machte mir keineswegs vor, daß wir über gewöhnliche Dinge sprächen; ich machte mir keineswegs vor, daß sie und er gewöhnliche Personen seien. *Wären* sie es gewesen, ich bitte Sie, wie hätte ich sie jemals so ins Herz schließen sollen? Sie waren in den Genuß einer seltenen Seinserweiterung gekommen, und sie hatten mich auf ihrem Höhenflug mitgerissen; nur konnte ich in solch luftiger Höhe nicht atmen und bat prompt, wieder abgesetzt zu werden. Die Tatsachen waren in jeder Hinsicht ungeheuerlich, ebenso wie ein Großteil meiner hellwachen

Wahrnehmung davon; das einzige, was mit Natur und Wahrheit im Bunde stand, war die Tatsache, daß ich aufgrund dieser Wahrnehmung handeln mußte. Ich spürte, nachdem ich mich in diesem Sinne geäußert hatte, daß meine Gewißheit vollständig war; das einzige, was dazu noch gefehlt hatte, war das Erlebnis meiner Wirkung auf ihn. Er verschleierte allerdings die Wirkung in einer Wolke von Gespött. Ein Ablenkungsmanöver, mit Hilfe dessen er Zeit gewann und seinen Rückzug deckte. Er zweifelte meine Aufrichtigkeit, meinen Verstand, beinahe sogar meine Menschlichkeit an, und das vertiefte naturgemäß die Kluft zwischen uns und erhärtete den Abbruch unserer Beziehung. Er tat, kurz gesagt, alles andere, als mich davon zu überzeugen, daß ich unrecht hatte oder daß er unglücklich war: Wir gingen auseinander, und ich überließ ihn seiner unfaßlichen Verbindung.
Er hat nie geheiratet, ebensowenig wie ich. Als ich sechs Jahre danach in aller Abgeschiedenheit und Stille von seinem Tod hörte, begrüßte ich ihn als unmittelbaren Beitrag zu meiner Theorie. Sein Tod kam plötzlich, wurde nie so recht aufgeklärt, war umgeben von Umständen, aus denen ich – denn, ach, ich zerpflückte sie gründlich! – eindeutig eine Absicht, einen Vorsatz herauslas, die Spur seiner eigenen heimlichen Hand. Er war die Folge eines langlebigen Bedürfnisses, einer unstillbaren Sehnsucht. Um es ganz deutlich zu sagen, er war die Antwort auf einen unwiderstehlichen Ruf.

DIE BLAMAGE DER NORTH-MORES

1

Als Lord Northmore starb, wurde in der Öffentlichkeit meistenteils in recht schwerfälliger und peinlicher Form auf das Ereignis hingewiesen. Eine große politische Persönlichkeit war gestorben. Eine große Leuchte unserer Zeit war mitten in ihrem Wirken erloschen. Eine große Kapazität hatte vorzeitig geendet, wenngleich sie zum großen Teil, und nicht zum geringsten, in hohem Maße genutzt worden war. Die Erwähnung von Größe erfolgte allenthalben wie von selbst, und das Bild des Verblichenen eignete sich vorzüglich für Floskeln und schwülstige Redewendungen, die Poesie der Tagespresse. Mit ihr entledigten sich die Zeitungen wie ihre Leser gleichermaßen ihrer Pflicht – sie luden sie hübsch und eindrucksvoll, wenn auch vielleicht ein wenig übereifrig, auf den Leichenwagen, begleiteten den Zug geziemend die Straße entlang und gingen dann, des Themas mit einem Mal überdrüssig, zum nächsten Punkt der Tagesordnung über. In bezug auf die Persönlichkeit seiner Lordschaft gab es genaugenommen außer der schönen Stetigkeit seines Erfolges fast nichts zu erwähnen. Der Erfolg war seine Profession gewesen, sein Weg und sein Ziel, so daß sein Werdegang keine andere Beschreibung zuließ und keine weitere Erläuterung erforderte, ja duldete. Er hatte Politik gemacht, er hatte Literatur gemacht, er hatte Land erworben und schlechte Manieren, er hatte eine Menge Fehler gemacht, er hatte es zu einer hageren, dümmlichen Frau, zwei verschwendungssüchtigen Söhnen und vier linkischen Töchtern gebracht – er hatte es zu allem gebracht, da es ihm gelungen war, sich fast alles gründlich bezahlen zu lassen. Tief in seinem Innern war etwas gewesen, das dieses bewirkte, und sein alter Freund Warren Hope, der Mensch, der ihn am längsten und wohl auch am besten kannte, hatte bei aller Neugier nie, bis zuletzt nicht, ganz herausgefunden, was es war. Das Geheimnis war nämlich, daß dieser überaus zurückhaltende Rivale zu geistiger Überheblichkeit so wenig fähig war wie zu wetteiferndem Tun, und es bedeutete schon ein erhebliches Zugeständnis an dieses, daß er am Abend vor dem Leichenbegängnis nach schweigsamem Nachdenken zu seiner Gattin sagte: »Zum Henker, ich darf den alten Knaben nicht im Stich lassen. Ich muß zu seinem Begräbnis.«

Mrs. Hope sah ihren Gatten zunächst in besorgtem Schweigen an. »Das geht zu weit. Du bist kranker, als er je war.«

»Hm, aber wenn mich nicht gerade das für die Beerdigungen anderer befähigt – –!«

»Es befähigt dich, mir das Herz zu brechen mit deiner übertriebenen Anhänglichkeit, deiner wiederholten Weigerung, an dein Wohl zu denken. Du hast es ihm geopfert, dreißig Jahre lang, wieder und wieder, und dieses letzte Opfer – womöglich dein Leben – darfst du in deinem Zustand, denke ich, sehr wohl verweigern.«

Sie verlor wahrhaftig die Geduld. »Zum Begräbnis – bei diesem Wetter –, nachdem dir eine solche Behandlung widerfuhr!«

»Mein liebes Mädchen«, erwiderte Hope, »diese Behandlung ist eine Ausgeburt deines erfindungsreichen Hirns – deiner allzu leidenschaftlichen, deiner wunderbaren Treue. Treue, meine ich, zu *mir*.«

»Ich überlasse es allerdings dir, *ihm* dergleichen zu bezeugen.«

»Immerhin war er mein ältester Freund, ein Freund seit frühester Jugend. So schlecht ist mein Zustand gar nicht – ausgehen kann ich noch, und ich möchte tun, was sich geziemt. Fest steht, daß wir nie miteinander brachen – wir haben stets zusammengehalten.«

»Ja, wahrhaftig«, lachte sie voll Verbitterung, »darauf hat er stets geachtet! Er hat dich nie anerkannt, aber er ließ dich nie gehen. Du hast ihn erhöht, und er hat dich erniedrigt. Er hat dich ausgenutzt bis zum letzten Tropfen, den er herausquetschen konnte, und du mit deinem unglaublichen Idealismus und deiner unverbesserlichen Bescheidenheit bliebst der einzige, der sich wunderte, wie um alles in der Welt ein solcher Idiot es zu etwas brachte. Auf deinem

Buckel hat er es zu was gebracht. Du hast ihn großzügig für andere hingehalten – ›Was um alles in der Welt war seine Begabung?‹ –, und dabei sind andere solch gaffende Idioten, daß auch sie nicht die geringste Ahnung haben. *Du* warst seine Begabung!«

»Und du bist meine, meine Liebe!« lachte ihr Mann, sie an sich drückend, versöhnt. Am nächsten Tag fuhr er mit dem Sonderzug zur Beisetzung, die auf des großen Mannes eigenem Grund und Boden, in des großen Mannes eigener Kirche stattfand. Aber er ging allein – dennoch in großer, ehrenvoller Gesellschaft, der Elite der einmütigen, herdenhaften Demonstration. Seine Gattin hatte nicht den Wunsch, ihn zu begleiten, war aber während seiner Abwesenheit in Sorge. Sie verbrachte die Zeit unbehaglich, beobachtete das Wetter und fürchtete die Kälte, wanderte von Zimmer zu Zimmer, blieb geistesabwesend vor beschlagenen Fenstern stehen, und bevor er zurückkam, hatte sie an viele Dinge gedacht. Es war, als ob, während er dem Begräbnis des großes Mannes beiwohnte, auch sie in dem beengten Heim ihrer beider späteren Jahre vor einem offenen Grab stünde. Mit ihren schwachen Händen versenkte sie darin die schwere Vergangenheit, ihre gemeinsamen toten Träume und die angesammelte Asche. Der Pomp, der Lord Northmores Verscheiden umgab, ließ sie mehr denn je empfinden, daß nicht Warren es war, der bewirkt hatte, daß irgend etwas sich bezahlt machte. Er war stets gewesen, was er noch heute war, der klügste Mensch und eifrigste Arbeiter, den sie kannte; aber was hatte er mit fünfundsiebzig nach alledem, wie der Volksmund sagt, *vorzuweisen*, außer seinem vergeudeten Genie, seiner ruinierten Gesundheit und seiner kärglichen Pension? Es war die vergleichende Betrachtung, die sich ihr durch den nun verblassenden Glanz seines glücklichen Rivalen aufdrängte, die ihr Auge auf diese Dinge richtete. Glückliche Rivalen ihrer eigenen schalen Verbindung, so hatte sie das Ehepaar Northmore stets gesehen; die beiden Männer zumindest hatten nach der Universität gemeinsam begonnen, Schulter an Schulter und mit – oberflächlich gesprochen – nahezu demselben Rüstzeug an Vorbereitung, Ehrgeiz und Möglichkeiten. Sie hatten an demselben Punkt begonnen und dieselben Dinge begehrt – nur taten sie dies auf so unterschiedliche Weise. Der Tote hatte auf seine Weise *gewollt*, sich das Ersehnte zu verschaffen, und er hatte sich, zum Beispiel mit seiner Pairswürde, auch solche Dinge verschafft, die Warren nie begehrt hatte: darüber hinaus gab es nichts zu sagen. Nein, nichts, und doch sagte sie in dieser Stunde ihrer düsteren, bangen Einsamkeit mehr, als ich wiederzugeben vermag. Es lief alles auf dieses eine hinaus – daß nämlich, irgendwo und irgendwie, ein Unrecht geschehen war. Warren war es, dem Erfolg hätte beschieden sein müssen. Aber sie war jetzt der einzige Mensch, der das wußte, nachdem der einzige andere Mensch *sein* Wissen für immer und ewig mit ins Grab genommen hatte.

Sie saß dort, wanderte umher in dem wartenden Grau ihres kleinen Londoner Hauses, mit einem geschärften Gespür für die mannigfachen Erkenntnisse, die in ihrer Gesellschaft zu dritt gediehen waren. Warren hatte immer alles gewußt, aber in seiner unbeschwerten Kraft, die nirgends so stark zum Ausdruck kam wie in Gleichgültigkeit, hatte er sich nie etwas daraus gemacht. John Northmore war im Bilde gewesen; er hatte es ihr vor unendlich vielen Jahren gesagt und somit um so mehr Grund gehabt – zumal er sie nicht für einfältig hielt –, ihre Absicht zu erkunden. Sie versetzte sich zurück; sie durchlebte es abermals; es lag alles in ihrer Hand. John Northmore hatte sie zuerst gekannt, und wie er sie hatte heiraten wollen, davon kündete das dicke Bündel seiner Liebesbriefe, die noch existierten. Er hatte ihr Warren Hope vorgestellt – ganz zufällig und weil es sich ergab, da sie eine gemeinsame Junggesellenwohnung hatten. Das war das einzige, was er wahrhaftig für die beiden getan hatte. Wenn sie jetzt darüber nachdachte, erkannte sie vielleicht, inwiefern bei ihm die Überlegung eine Rolle gespielt haben mochte, daß er sich dadurch von mehr befreite. Sechs Monate später hatte sie Warren ihr Jawort gegeben, aus demselben Grund, dessen Nichtvorhandensein ihr Verhalten gegenüber seinem Freund bestimmt hatte. Sie hatte an seine Zukunft geglaubt. Sie war der Meinung, daß John Northmore später nie aufgehört hatte zu ermitteln, in welchem Maße sie sich *verkauft* fühlte. Aber sie hatte es vor ihm gottlob immer verbergen können.

Ihr Mann kam mit einer Erkältung nach Hause, und sie packte ihn unverzüglich ins Bett. Eine Woche lang, während der sie nicht von seiner Seite wich, sahen sie sich nur tief in die Augen; zu schnell war der Moment vorüber, da sie ihm hätte vorhalten können: »Ich habe es dir ja gesagt!« Daß sein verstorbener Patron niemals Mühe hatte, *ihn* bezahlen zu lassen, war gewiß kein Wunder. Aber es war wirklich zuviel, daß er ihn mit seinem Leben bezahlen ließ. Darauf war es – dessen war sie nun sicher – von Anfang an hinausgelaufen. In dieser Nacht trat eine Lungenkongestion ein, und am nächsten Tag hatte sie es, entsetzlich, mit einer Lungenentzündung zu tun. Das war mehr, als sie – nach allem, was vorangegangen war – verkraften konnte. Warren Hope erlag ihr zehn Tage später. So zärtlich, so göttlich er sie auch liebte, sie empfand, bei allem Schmerz, sein Hinscheiden als unabänderlichen Bestandteil der unerhörten Gleichgültigkeit, in welcher seine glücklose Entwicklung gipfelte. »Seine unbeschwerte Kraft, seine unbeschwerte Kraft!« – Nie hatte ihre Leidenschaft in diesem schlichten Ausdruck für ihn solche Erlösung gefunden. Er war so stolz, so edel und so nachgiebig, daß ein wenig zu versagen für ihn so schlimm war, wie viel zu versagen; darum hatte er die Schleusentore weit geöffnet – hatte, wie das Sprichwort sagt, das Kind mit dem Bade ausgeschüttet. Es hatte ihn amüsiert zu sehen, was die gierige Welt nehmen würde. Nun denn, sie hatte alles genommen.

2

Aber erst, als er verschieden war, erwies sich sein Name als in den Wind geschrieben. Was hatte er hinterlassen? Er hatte nur *sie* hinterlassen und ihre graue Trostlosigkeit, ihre einsame Frömmigkeit und ihre wunde, rastlose Auflehnung. Zuweilen tat das Sterben eines Menschen etwas für ihn, was das Leben nicht getan hatte; nach einer Weile entdeckten ihn die Leute von dieser oder jener Seite, vereinnahmten ihn für sich, schrieben ihn auf ihre Fahne. Aber das Empfinden, Warren Hope verloren zu haben, schien die Weisheit der Welt nicht im geringsten belebt zu haben; der bittere Schmerz seiner Witwe entsprang just der allgemeinen Art und Weise, wie er als bekannt erwähnt wurde. Sie erhielt Briefe genug, sofern es darauf ankam; denn persönlich war er natürlich beliebt gewesen; die Zeitungen waren überaus wortreich und ausgesprochen stupide; die drei oder vier Vereinigungen, *gelehrte* und andere, denen er angehört hatte, sprachen Bekundungen des Bedauerns und des Beileids aus, und drei oder vier Kollegen, über die er sich höchst amüsiert zu äußern pflegte, stammelten lobende Nachreden; aber fast alles wäre besser für sie gewesen als der allgemeine Tenor, mit welchem das Ereignis abgehandelt wurde. Zwei oder drei hochtrabende Esel aus »Regierungskreisen« schrieben ihr, daß sie doch dankbar sein müsse für das einhellige Bedauern, womit sie ihr deutlich zu verstehen gaben, daß sie sich lächerlich mache, wenn sie es nicht wäre. Unterdessen spürte sie, daß sie es durchaus hätte ertragen können, wenn man ihn überhaupt nicht erwähnt hätte; was sie nicht ertragen konnte, war seine Behandlung als unbedeutende Berühmtheit. Er war in Wirtschaft, höherer Politik und Philosophie entweder ein glänzendes verkanntes Genie, oder er war nichts. Er war auf gar keinen Fall – Gott behüte! – eine »angesehene Persönlichkeit«. Nichtsdestoweniger schlugen die Wasser über ihm zusammen wie über Lord Northmore; ebendies erwies sich mit der Zeit als die Tatsache, mit der sie sich am schwersten abfinden konnte. Diese Persönlichkeit – eine Woche nach seinem Tod war, ohne eine Stunde Aufschub, das Heim von ihm leergefegt wie eine Halle von den Tischen und Stühlen nach einem dreitägigen Wohltätigkeitsbasar –, diese Persönlichkeit war einfach untergegangen, wie ein zerknülltes Rundschreiben in den Papierkorb geworfen. Wo war denn der Unterschied? – Wenn das Ende doch für alle gleich war? Für Warren hätte es eigentlich der Anfang sein müssen.

Während der ersten sechs Monate fragte sie sich, was sie tun könne, und sie hatte häufig das Gefühl, neben einer Stromschnelle herzulaufen, auf welcher ein ihr lieber Gegenstand unweigerlich auf das Meer zutrieb. Ihr Instinkt drängte sie, mit ihm Schritt zu halten, ihn nicht aus den Augen zu verlieren, am Ufer der Stromschnelle entlangzuhasten und vor ihm eine Stelle zu erreichen, wo sie ausgreifen und ihn fangen und schließlich retten könnte. Aber leider, er trieb und trieb; sie behielt ihn im Auge, denn der Strom war lang, doch kein geeigneter Vorsprung bot sich zur Rettung. Sie rannte, sie beobachtete, sie lebte in großer Angst; und die ganze Zeit, während sich der Abstand zum Meer verringerte, wurde die Strömung merklich stärker. Kurz und gut, wenn sie etwas tun wollte, mußte sie sich beeilen. Sie ging Warrens Papiere durch, sie durchwühlte seine Schubladen; wenigstens in dieser Hinsicht konnte sie etwas tun. Aber es gab Schwierigkeiten, die Sache war heikel; sie verlor sich in dem Labyrinth, und dann wurde ihre Kompetenz angezweifelt; zwei oder drei Freunde, um deren Urteil sie bat, verhielten sich lau, ja sogar kalt, und die Verleger, bei denen sie anklopfte, allen voran das Haus, welches die Welt mit seinen drei oder vier wichtigen Werken beschenkt hatte, ließen kein Interesse an einer literarischen Hinterlassenschaft erkennen. Jetzt erst begriff sie, wie bemerkenswert wenig die drei oder vier wichtigen Werke »gewirkt« hatten. Er hatte es ihr so erfolgreich verheimlicht wie andere Dinge, die sie hätten schmerzen können: Beim Umgang mit seinen Aufzeichnungen stieß sie bei jeder Wendung in der Wildnis, der weiten Wüste, auf die

Fußstapfen seiner gewissenhaften Seele. Aber sie mußte sich schließlich mit der Wahrheit abfinden, daß es nur um ihrer selbst willen war, zu ihrem Trost, daß sie ihm nachspüren mußte. Seiner Arbeit, unbestärkt und unterbrochen, fehlte eine endgültige Form: Es würde nichts anzubieten geben außer Fragmenten von Fragmenten. Dennoch hatte sie, dies erkennend, das Gefühl, daß sie ihn fallenließ, und in dieser Stunde starb er für sie ein zweites Mal.
Die Stunde fiel überdies mit einer anderen zusammen, so daß sich die Bitterkeit beider vermengte. Sie erhielt ein Schreiben von Lady Northmore, in welchem diese das Vorhaben ankündigte, die zahlreichen und so interessanten Briefe seiner Lordschaft zu sammeln und zu veröffentlichen, und Mrs. Hope wurde als eine mehr denn wahrscheinliche Verwahrerin ersucht, so gütig zu sein und mit den an ihren Gatten gerichteten Briefen zu dem so wichtigen Projekt beizutragen. Dies erschreckte sie in mehr als einer Hinsicht. Die lange währende Komödie von der Größe seiner Lordschaft war demnach nicht zu Ende? Ihm wurde das Denkmal errichtet, welches, wie sie eben erst erkannt hatte, für seinen unterlegenen Freund unmöglich war? Alles würde wieder aufbrechen, die Gemeinsamkeiten, die Gegensätze, die für ihn so beneidenswert günstigen Ergebnisse? Die überaus geschickt gehandhabten Angelegenheiten, so daß er im Rampenlicht stand und alle anderen im Schatten blieben? Briefe? Hatte John Northmore auch nur

drei Zeilen verfaßt, die noch heute von geringster Bedeutung sein konnten? Wessen Idee war eine solche Veröffentlichung, und welchem verblendeten Herausgeber konnte die Familie ihre tatkräftige Unterstützung zugesagt haben? Sie wußte es natürlich nicht, aber es sollte sie wundern, wenn überhaupt Material vorhanden wäre. Nach einigem Nachdenken kam sie zu der Erkenntnis, daß Herausgeber und Verleger natürlich in Scharen herbeigeströmt sein mußten – sein Stern würde weiterhin regieren. Warum sollte er nicht erreichen, daß sich seine Briefe im Tod bezahlt machten, wie er erreicht hatte, daß sie sich im Leben bezahlt machten? Sie *hatten* sich längst bezahlt gemacht. Sie würden ein ungeheurer Erfolg werden. Wieder dachte sie an den reichen, konfusen Nachlaß ihres Gatten – dachte sie an die Marmorblöcke, die liegenbleiben mußten, wohin sie gefallen waren; hiernach wandte sie sich mit einem ihrer tiefen und häufigen Seufzer wieder Lady Northmores Ansinnen zu.

Seine Briefe an Warren, aufbewahrt oder nicht aufbewahrt, waren ihr nie in den Sinn gekommen. Diejenigen an sie persönlich waren verborgen und in Sicherheit – sie wußte, wo ihre Hand sie finden würde; aber um diejenigen an sie persönlich hatte ihre Korrespondentin nicht gebeten, und sie ahnte wohl auch nichts von deren Existenz. Sie stammten aus jener Phase im Lebenslauf des großen Mannes, die man nur als die vorausgehende bezeichnen konnte: vorausgehend der Größe, dem eigentlichen Gegenstand des Buches und – vor allem – Lady Northmore. Das vergilbte dicke Päckchen war dort verborgen, wo es seit Jahren verborgen war, aber sie hätte heute weder sagen können, warum sie es aufbewahrt hatte, noch warum sie Warren nie von der Verwahrung erzählt hatte, obgleich er von der frühen Episode wußte. Dieser letzte Umstand befreite sie gewiß davon, es Lady Northmore zu erzählen, welche zweifellos ebenfalls von der Episode wußte. Das Seltsame an der Geschichte war jedenfalls, daß die Bewahrung dieser Schriftstücke kein Zufall war. Sie war einem undeutlichen Instinkt oder einer unbestimmten Berechnung gefolgt. Einer Berechnung von was? Sie hätte es nicht sagen können. Sie hatte sich in ihrem Unterbewußtsein untrüglich als das Gefühl eingenistet, daß die nicht vernichtete, komplette kleine Sammlung der Sicherheit diente. Aber wessen, gerechter Himmel? Vielleicht sollte sie noch abwarten, obwohl nichts, dessen war sie sicher, geschehen würde, was von ihr verlangte, den Stapel anzurühren und durchzulesen. Nicht um alles in der Welt hätte sie gewagt, ihn anzurühren oder durchzulesen.

Bislang hatte sie die Behältnisse noch nicht untersucht, in denen die von Warren aufbewahrten Briefe sich angesammelt hatten, und sie hatte ihre begründeten Zweifel, daß sie welche von Lord Northmore enthielten. Warum hätte er sie aufheben sollen? Sogar sie hatte mehr Gründe gehabt. Hielt man den späteren Briefstil seiner Lordschaft für gekonnt oder so geartet, daß sich Papierkorb oder Feuer auf jeden Fall verbaten? Warren hatte in einer Sintflut von Schriftstücken gelebt, aber die hatte er vielleicht als Beiträge zur Zeitgeschichte betrachtet. Dennoch würde er gewiß nicht viele aufbewahrt haben. Sie begann zu suchen, in Schränken, Schachteln, noch nicht inspizierten Schubladen, und sie wurde doppelt überrascht, sowohl hinsichtlich dessen, was er aufbewahrt, als auch dessen, was er nicht aufbewahrt hatte. Jedes Wort von ihr war vorhanden – jeder Brief, den er bei gelegentlicher Abwesenheit von ihr bekommen hatte. Gut, das ergänzte vorzüglich ihre Briefe, die sie bei solchen Anlässen erhalten hatte und die ebenfalls vollzählig erhalten waren. *Ihrer* beider Korrespondenz war also vollständig. Aber das war auch nur eine Seite von Lord Northmore, wie sich nach und nach herausstellte. Die Überfülle von diesen Schriftstücken war von ihrem Gatten offensichtlich nicht der bequemen Vernichtung anheimgegeben worden; sie vermutete mehr und mehr, daß er jeden Schnipsel aufbewahrt hatte, und sie konnte sich nicht verhehlen, daß sie – sie wußte kaum, weshalb – ein wenig enttäuscht war. Sie hatte sich nicht ganz ohne eine, wenn auch vage Hoffnung an Lady Northmore schreiben sehen, daß sie zu ihrem großen Bedauern nach erschöpfender Suche nichts habe finden können.

Tatsächlich fand sie, leider, alles. Sie stöberte gewissenhaft, bis der Tisch am Ende förmlich ächzte unter den Früchten ihrer Suche. Die Briefe waren offenbar sorgsam gehegt und oberflächlich sortiert worden – sie konnte sie der Familie in bestem Zustand übergeben. Sie vergewisserte sich zuletzt, daß sie nichts übersehen hatte, und machte sich dann, müde und höchst widerwillig, daran, in gänzlich anderem Sinne zu antworten, als sie, das darf man wohl sagen, zu antworten geplant hatte. Zu ihrem Brief ansetzend, entdeckte sie jedoch, daß sie ihn nicht schreiben konnte; und um nicht länger mit dem Stapel auf dem Tisch allein zu sein, verließ sie unverzüglich das Zimmer. Am späten Abend, unmittelbar vor dem Zubettgehen, kam sie zurück, fast als hoffte sie, daß seit dem Nachmittag der Anlaß ihres Widerwillens durch eine glückliche Fügung ausgeräumt sei. Hätte es nicht wunderbarerweise sein können, daß ihre Entdeckung ein Irrtum war? Daß die Briefe entweder nicht da oder von jemand anderem waren? Ach, sie waren da, und als sie in der Dunkelheit ihre brennende Kerze hochhielt, schwoll der Stapel auf dem Tisch vor Überheblichkeit. Hierauf erlebte die Ärmste eine Stunde der Versuchung.

Es war obskur, es war absurd. Während sie den Tisch umrundete, sah sie sich in vollkommener Unschuld schreiben: »Liebe Lady Northmore! Ich habe alles gründlich durchstöbert und nichts gefunden. Mein Mann hat vor seinem Tod offensichtlich alles vernichtet. Ich bedaure sehr – ich hätte Ihnen so gern geholfen. Hochachtungsvoll!« Sie brauchte morgen nur heimlich den Stapel zu vernichten, und ihre Worte würden von einer Tatsache künden, die niemand bezweifeln konnte. Welchen Nutzen würde ihr das bringen? War *das* die Frage? Es würde ihr den Nutzen bringen, daß der arme Warren um eine Kleinigkeit weniger ausgenutzt und düpiert erschiene. Das würde ihren Kummer lindern. Die Versuchung war real, aber das waren, wie sie nach einer Weile einsah, andere Dinge auch. Um Mitternacht machte sie sich an ihren Brief. »Liebe Lady Northmore! Ich freue mich, Ihnen mitteilen zu können, daß ich eine ganze Menge gefunden habe – mein Mann war offenbar so umsichtig, alles aufzubewahren. Ich kann Ihnen eine große Sammlung zur Verfügung stellen, sofern es Ihnen genehm ist, sie abholen zu lassen. Es ist mir eine Freude, Ihnen bei Ihrem Werk helfen zu können. Hochachtungsvoll.« So, wie sie war, ging sie hinaus und warf den Brief in den nächsten Briefkasten. Am Mittag des folgenden Tages war der Tisch zu ihrer Erleichterung abgeräumt. Ihre Ladyschaft hatte einen zuverlässigen Diener geschickt – ihren Butler in einer vierrädrigen Kutsche und mit einer Lackschachtel.

3

Hierauf folgten nach Jahresfrist wiederholte Ankündigungen und Hinweise. Sie gelangten von allen Seiten zu ihr, und es gab Stunden, in denen sie meinte, die Luft bestünde aus nichts anderem. Unmittelbar nachdem Lady Northmore sich an sie gewandt hatte, war ein öffentlicher Aufruf ergangen, ein Rundschreiben *urbi et orbi*, in jeder Zeitung abgedruckt, begrüßt und kommentiert, worin alle Besitzer von Briefen ersucht wurden, diese unverzüglich der Familie zu übersenden. Die Familie, das mußte man ihr gerechterweise zugestehen, belohnte das Opfer großzügig – sofern es eine Belohnung war, die Welt über den raschen Fortschritt des Werkes ins Bild zu setzen. Das Material war umfangreicher, als zunächst zu erwarten gewesen war. Da es als selbstverständlich galt, daß sich die zukünftigen Bücher als interessant erwiesen, hielten sich diejenigen, denen bereits ein Blick in den Inhalt vergönnt war, für berechtigt, der Öffentlichkeit einen einzigartigen Genuß zu verheißen. Sie warfen ein bislang ungeahntes Licht auf gewisse Aspekte des Geistes und des Aufstiegs des Verfassers. Lady Northmore, für die empfangenen Gefälligkeiten zutiefst dankbar, bat um Erneuerung ihres Ansinnens; so erfreulich das Echo auch gewesen, sei es doch möglich, daß, insbesondere im Zusammenhang mit bekannten Daten, noch ein Rest an verborgenen Schätzen zu entdecken sei.

Mrs. Hope kam mit der Zeit mit immer weniger Menschen zusammen; dennoch war ihr Kreis auch jetzt noch nicht so klein, als daß sie es nicht hätte ausposaunen hören, daß Thompson und Johnson »gefragt worden« waren. Die Konversation in der Londoner Welt erschien ihr eine Zeitlang nur noch auf derlei Fragen und Antworten beschränkt. »Hat man *Sie* gefragt?« – »O ja, allerdings. Vor Monaten. Und Sie?« Die ganze Stadt war beteiligt, und das Bemerkenswerte war, daß gefragt werden in jedem Fall von der Fähigkeit zu erwidern begleitet war. Man brauchte die Feder nur zu berühren – Millionen Briefe sprangen dabei heraus. Mit zehn Bänden würde der Vorrat nicht erschöpft sein. Sie grübelte eine ganze Menge – tat nichts als grübeln; und es war, mag dies zunächst auch seltsam erscheinen, unvermeidlich, daß ein Ergebnis ihres Grübelns ein erhebliches Maß an Zweifeln war. Angesichts solcher Einmütigkeit mußte sie sich möglicherweise trotz allem geirrt haben. Der Ruf des großen Verstorbenen ließ sich nicht anfechten. Nicht er war es, der die Schuld trug – es war ihr einfältiges, immer noch mit der Fehlbarkeit des Seins belastetes Ich. Er war offenbar ein Gigant gewesen, und die Briefe würden es ruhmvoll an den Tag bringen. Sie hatte sich lediglich die Couverts derjenigen angesehen, die sie beigesteuert hatte, aber sie war auf alles gefaßt. Warren hatte selbst ein Zeugnis hinterlassen, das war eine Tatsache, der sie sich nicht verschließen konnte. Der Standpunkt anderer war auch sein Standpunkt; sie seufzte, da sie ihn in diesem Fall zum einzigen Mal in seinem Leben auf der Seite der plappernden Menge sah.

Sie war sich vollkommen bewußt, daß ihre Besessenheit mit ihr durchgegangen war, als aber Lady Northmores Publikation wirklich in Sicht kam – sie war nun endgültig für März angekündigt, und sie hatten jetzt Januar –, beschleunigte sich ihr Pulsschlag dermaßen, daß sie in den langen Nächten die meiste Zeit wach lag. Während einer dieser durchwachten Nächte geschah es, daß sie sich plötzlich in der kalten Finsternis von dem einzigen Gedanken berührt fand, der sie in den vielen Monaten nicht hatte zusammenfahren lassen; die Folge war, daß sie mit einem neuen Glücksgefühl aus dem Bett sprang. Ihre Ungeduld schnellte sogleich bis zum Höhepunkt – sie konnte kaum den Tag erwarten, um zur Tat zu schreiten. Ihre Idee war, nicht mehr und nicht weniger, unverzüglich die Briefe *ihres* Helden zu sammeln und herauszugeben. Sie würde die Briefe ihres Mannes veröffentlichen – Gott sei gepriesen! –, und sie verschwendete keine Zeit mit der Frage, warum sie gewartet hatte. Sie *hatte* gewartet – allzu lang; aber es war vielleicht nur natürlich, daß einem bei von Tränen versiegelten Augen und von Ungerechtigkeit beschwertem Herzen nicht gleich die Erkenntnis kam, welches das Heilmittel sein könnte. Sie nannte es in Gedanken bereits ihr Heilmittel – obwohl es sie vermutlich in Verlegenheit gebracht hätte, ihrer Kränkung öffentlich einen Namen zu geben. Es war eine Kränkung, die sich fühlen, aber nicht benennen ließ. Und siehe, sogleich hatte der Balsam zu träufeln begonnen: Die Rechnung würde bald beglichen sein.

Sie verbrachte den ganzen Tag mit dem Durchlesen ihrer eigenen alten Briefe, die – unglücklicherweise! – zu persönlich und zu geheiligt waren, um sie in ihr Vorhaben einzubeziehen, die ihm jedoch Wind in die Segel bliesen und ihrer Vermessenheit Größe verliehen. Sie hatte natürlich in all den Jahren bei den wenigen und nie lange währenden Trennungen ihren Mann weit seltener als Briefeschreiber erlebt als andere; dennoch stellten diese Relikte – von deren Anzahl sie überrascht war – einen Besitz und ein Zeugnis seiner einmaligen Begabung dar.
Das war ein Briefeschreiber! Natürlich, witzig, vielseitig, lebhaft spielte er mit überaus lässiger, leichter Hand die ganze Tonleiter hinauf und hinunter. Seine unbeschwerte Kraft – seine unbeschwerte Kraft: Alles, was ihn wachrief, rief diese wach. Die zahlreichsten Briefe waren natürlich die früheren, dazu die aus ihrer Verlobungszeit, Zeugnisse ihrer langen Probezeit; diese waren köstlich und stürmisch, ja so tief und wunderbar, daß sie regelrecht stöhnte, als sie sich dem alltäglichen Maß ehelicher Bescheidenheit zuwenden mußte. Es gab Diskretion, es gab Etikette, es gab Geschmack zu berücksichtigen, aber darauf hätte sie mit Freuden verzichtet. Wenn es Seiten gab, die zu persönlich waren, um sie zu veröffentlichen, so gab es andere, die zu köstlich waren, um sie zurückzuhalten. Vielleicht nach ihrem Tod –! Er riß sie nicht nur hoch, der beglückende Gedanke an die Erlösung sowohl ihrer selbst als auch ihres Schatzes, der sie be-

wog, sich zu geloben, unverzüglich ans Werk zu gehen: Er steigerte ihre Sehnsucht nach Beendigung ihres Erdendaseins ins Unermeßliche, weil dann der von ihr beschworenen Gerechtigkeit freie Bahn gelassen sein würde. Ihre Hauptquelle würden allerdings die Freunde sein, die Kollegen, die persönlichen Bewunderer, denen er über Jahre hinweg geschrieben hatte, von denen sie wußte, daß er ihnen geschrieben hatte, und auf deren durchaus nicht bemerkenswerte Briefe sie kürzlich beim Sichten und Sortieren gestoßen war. Sie stellte eine Liste dieser Personen auf und schrieb sogleich an sie oder, im Falle, daß sie gestorben waren, an deren Witwen, Kinder, Bevollmächtigte, wobei sie sich, nicht auf unangenehme Weise, sondern eher heiter, wie Lady Northmore vorkam. Ihr war aufgefallen, daß Lady Northmore sehr vieles für selbstverständlich hielt, aber im Hinblick auf Mrs. Hope war sie seltsamerweise nicht auf diesen Gedanken gekommen. Tatsächlich begann sie mit ihrer Ladyschaft, wandte sich an sie mit dem genauen Text des Ansinnens dieser Person, von dem sie jedes Wort behalten hatte.
Dann wartete sie, aber in dieser Angelegenheit mußte sie nicht lange warten. »Liebe Mrs. Hope! Ich habe alles gründlich durchstöbert und nichts gefunden. Mein Mann hat vor seinem Tod offensichtlich alles vernichtet. Ich bedaure sehr – ich hätte Ihnen so gern geholfen. Hochachtungsvoll!« Das war alles, was Lady Northmore schrieb, ohne anstandshalber auf

die Unterstützung einzugehen, die sie selbst erhalten hatte; jedoch bereits in der ersten Aufwallung von Verwunderung und Unmut erkannte unsere Freundin die merkwürdige Übereinstimmung der Form dieses Briefes und eines anderen, der nie geschrieben worden war. Sie erhielt die Antwort, wie sie im gleichen Fall in ihrer einzigen bösen Stunde zu antworten geträumt hatte. Aber die Antwort war hiermit nicht abgetan – sie mußte erst noch Tag für Tag aus jeder weiteren Quelle hereinströmen, die sie mit ihrer Frage erreicht hatte. Und Tag für Tag, während Verwunderung und Unmut wuchsen, bestand sie schlicht aus drei Zeilen des Bedauerns. Jedermann hatte nachgesehen, und jedermann hatte vergeblich nachgesehen. Jedermann wäre so froh gewesen, aber jedermann konnte, wie Lady Northmore, lediglich sehr bedauern. Niemand konnte etwas finden, und nichts, wie man daraus folgern mußte, war aufbewahrt worden. Einige Informanten waren pünktlicher als andere, aber alle antworteten mit der Zeit; die Angelegenheit erstreckte sich über einen Monat, und am Ende fand sich die arme Frau, bedrückt und entmutigt, gezwungenermaßen mit ihrer Lage ab und drehte ihr Gesicht zur Wand. In dieser Stellung verharrte sie tagelang, auf nichts achtend, nur ihre Wunde fühlend und hegend. Die Wunde war um so grausamer, als sie sie so schutzlos traf. Von dem Augenblick, als ihr Heilmittel ihr eingeflüstert worden war, hatte sie nicht eine Stunde des Zweifels gehabt, und das Schöne daran war gewesen, daß es so einfach erschienen war. Die Merkwürdigkeit an der Sache übertraf sogar den Schmerz. Es war wahrlich eine Welt *pour rire*, die Welt, in der John Northmores Briefe für die Nachwelt geordnet und herausgegeben und mit Warren Hopes Briefen Feuer entfacht wurden. Jede Vernunft, jedes Maß aller Dinge konnte einen nur gleichgültig und stumm werden lassen. Es war nicht zu ändern – die Sache stand auf dem Kopf. John Northmore war unsterblich, und Warren Hope war verdammt. Und sie, sie war am Ende. Sie war vernichtet. So verharrte sie, ohne auf die Zeit zu achten, die sie so verbrachte, bis schließlich ein lautes Geräusch zu ihr drang und sie ihr verschleiertes Haupt wenden ließ. Es war die Nachricht vom Erscheinen von Lady Northmores Büchern.

4

Dies war wahrlich ein großes Getöse, und die Zeitungen kündeten an diesem Tag besonders laut davon. Es schlug dem Leser auf der Türschwelle entgegen, und das Werk war überall Gegenstand eines Leitartikels und einer Rezension. Die Rezensionen waren, wie sie mit einem Blick sah, mit Zitaten gespickt; es genügte, zwei oder drei Blätter anzuschauen, um über die Begeisterung im Bilde zu sein. Mrs. Hope schaute sich die zwei oder drei an, die sie zur

Bestätigung des einzigen, das sie regelmäßig bezog, während des Frühstücks holen ließ; ihre Aufmerksamkeit versagte jedoch bei näherem Hinsehen; sie konnte den Gegensatz zwischen dem Stolz der Northmores an so einem Morgen und ihrer eigenen Demütigung nicht ertragen. Die Zeitungen brachten ihr dies zu deutlich zum Bewußtsein; sie schob sie beiseite, und um ihrer ledig zu sein und ihre Anwesenheit nicht zu spüren, verließ sie schon früh das Haus. Sie fand Vorwände, um fortzubleiben; es war, als sei ihr ein Kelch verordnet worden, den sie leeren müsse; aber sie konnte die Stunde des Martyriums hinausschieben. Sie vertrieb sich willkürlich die Zeit; sie kaufte Dinge, für die sie keine Verwendung, und besuchte Freunde, für die sie nichts übrig hatte. Die meisten ihrer Freunde waren gegenwärtig auf diese Kategorie beschränkt, und sie mußte für ihre Visiten die Häuser wählen, die, wie sie es formulierte, am Blute ihres Mannes unschuldig waren. Sie konnte nicht mit den Leuten sprechen, die kürzlich mit so schrecklichen Worten auf ihr Rundschreiben geantwortet hatten; andererseits waren die Leute, die davon nicht berührt waren, auch hinsichtlich Lady Northmores Publikation völlig ahnungslos, und nur auf Umwegen war ihnen ein Quentchen Mitgefühl abzuringen. Wie zum Mittagessen, das sie in einer Konditorei einnahm, blieb sie auch zum Tee auswärts, und die Märzdämmerung war hereingebrochen, als sie nach Hause kam. Das erste, was sie sodann in ihrer erleuchteten Diele erblickte, war ein großes glattes Paket auf dem Tisch, und noch bevor sie näher trat, wußte sie, daß Lady Northmore ihr das Buch geschickt hatte. Es war, wie sie erfuhr, gekommen, gleich nachdem sie ausgegangen war, so daß sie, hätte sie dies unterlassen, vielleicht den ganzen Tag mit ihm verbracht hätte. Jetzt war ihr mit einem Mal klar, warum sie instinktiv die Flucht ergriffen hatte. Nun ja, die Flucht hatte ihr geholfen, und auch die Berührung mit dem vollen, gleichgültigen, gewöhnlichen Leben. Endlich wollte sie den Kelch leeren.

Sie leerte ihn nach dem Abendessen in ihrem kleinen Salon. Sie packte die zwei Bände aus – *Die öffentliche und private Korrespondenz des ehrenwerten usw. usw.* – und betrachtete als erstes das große Wappen auf dem purpurroten Einband und sodann innen die Porträts, so zahlreich, daß sie, wo immer sie aufschlug, auf eines stieß. Sie hatte nie gewußt, daß er ein so eifriges »Modell« war, aber er posierte in jeder Phase und jeder Haltung, und die Galerie war ergänzt durch Ansichten von seinen aufeinanderfolgenden Residenzen, jede ein wenig feudaler als die vorige. Sie hatte sonst immer beobachtet, daß bei Porträts, ob von Bekannten oder Unbekannten, die Augen die ihren zu suchen und zu finden schienen; John Northmore aber schaute immer von ihr weg, so als wäre er im Zimmer, ohne zu wissen, daß er Gesellschaft hatte. Dies wirkte eigenartigerweise dermaßen stark auf sie, daß sie sich nach zehn Minuten in seinen Text versenkte, als sei sie eine Fremde, die eine öffentliche Bibliothek benutzte. Sie hatte sich vor dem Vertiefen gefürchtet, aber von dem Augenblick, als sie es tat, war sie – um der Gerechtigkeit willen sei es gesagt – gänzlich gefesselt. Sie saß bis spät in die Nacht, machte so viele Beobachtungen und Entdeckungen, daß sie – anders kann man es nicht ausdrücken – von Verblüffung zu Bestürzung wechselte. Ihr eigener Beitrag war fast vollständig verwendet worden; sie hatte die Briefe an Warren gezählt, bevor sie sie fortgab, und stellte nun fest, daß kaum ein Dutzend fehlte – ein Umstand, der ihr Lady Northmores Präsent erklärte. Sie hatte sich diesen Seiten zuerst zugewendet, und während sie darüber gebeugt saß, keimte ihre Bestürzung auf. Diese äußerte sich zunächst in wahrhaft sonderbarer Gestalt – der Gestalt einhelliger Verwunderung über Warrens unnatürliche Pietät. Ihre erste Überraschung war heftig gewesen – als sie sich bemüht hatte, nach plausiblen Gründen zu suchen –, aber ihre erste Überraschung war nichts gegen ihre tatsächliche Verwirrung. Die Briefe an Warren waren, wie sie annahm, die eigentliche Trumpfkarte gewesen; wenn aber die Trumpfkarte lediglich dieses verkörperte, was um alles in der Welt sollte man dann von dem Rest des Spiels halten?

Sie drängte aufs Geratewohl weiter, steigerte sich in einen Rausch, bangte zitternd, beinahe keuchend, nicht so bald Gewißheit zu erlangen; aber wo immer

sie aufschlug, fand sie die Ungeheuerlichkeit ausgebreitet. Die Briefe an Warren waren ein Abgrund an Trivialität; die anderen standen ihnen in nichts nach; das Buch war eindeutig ein Schlag ins Wasser, die Veröffentlichung ein Anlaß zur Belustigung. Sie verlor sich, ihre Erkenntnis vom Ausmaß des Fehlgriffs vertiefend, in erhebenden Visionen, so daß sie, als ihr Stubenmädchen um elf Uhr die Tür öffnete, beinahe wie bei einer Missetat ertappt hochschreckte. Das Mädchen wollte sich für die Nacht zurückziehen und war nur gekommen, um Bescheid zu sagen, und seine Herrin, hellwach und von Erinnerungen entflammt, wandte sich nach einem verdutzten Blick voll Schärfe an sie. »Was hast du mit den Zeitungen gemacht?«
»Zeitungen, Ma'am?«
»Alle von heute morgen – sag' ja nicht, du hast sie vernichtet! Schnell, schnell – bring sie her.« Die junge Frau hatte sie aus seltenem Zufall nicht vernichtet; sie erschien sogleich mit den ordentlich zusammengefalteten Blättern, und Mrs. Hope, sie unter Segenswünschen entlassend, wußte binnen zehn Minuten endgültig, was die Glocke geschlagen hatte. Sie fand in der Presse ihren Eindruck aufs Wunderbarste bestätigt. Es war also nicht das Trugbild ihrer Eifersucht – es war der unverhoffte Triumph der Gerechtigkeit. Die Rezensenten bewahrten Anstand, aber wenn man genau hinsah, entsprach deren Verblüffung ihrer eigenen. Was sie am Morgen für Begeisterung gehalten hatte, erwies sich als bloßes ober-

flächliches Wohlwollen, das, nicht vorgewarnt, einen Ausdruck für seine Verblüffung suchte. Die Frage wurde zwar höflich gestellt, aber gestellt wurde sie nichtsdestoweniger überall: »Was *konnte* Lord Northmores Familie nur veranlaßt haben, ihn für einen Briefeschreiber zu halten?« Schwülstig und schwerfällig, dabei verworren und unscharf, brachte er das Kunststück zuwege, zugleich schluderig und steif zu sein. Wer war hier der Hauptverantwortliche, und unter welch sonderbar verspätetem Ehrgeiz war eine Gruppe ihres Verstandes beraubter Personen auf so erbärmliche Weise derart fehlgeleitet worden? Wären weniger an dem Zustandekommen beteiligt gewesen, so hätte man beinahe annehmen können, daß sie es mit derben Witzbolden zu tun hatten.

Sie hatten jedenfalls einen Irrtum begangen, von dem sich im günstigsten Fall sagen ließ, daß er, da auf Redlichkeit fußend, rührend war. Diese Dinge traten bei der Art der Aufnahme vielleicht nicht offen zutage, aber sie lugten zwischen den Zeilen hervor und würden sich am folgenden Tag durchzwängen. Die langen angeführten Zitate waren Zitate, die mit »Warum?« markiert waren. »Warum«, mit anderen Worten, wie Mrs. Hope es interpretierte, »solch hilflose Ausdrucksweise ans Licht zerren? Warum den Wortlaut seiner Schwerfälligkeit und das Zeugnis seiner Einfältigkeit herausgeben?« Das Opfer des Irrtums war auf seine Art und zu seiner Zeit gewiß eine nützliche und bemerkenswerte Persönlichkeit gewesen, aber jeder andere Beweis dieser Tatsache wäre wohl glücklicher erbracht worden. Als sie in den frühen Morgenstunden in ihrem Zimmer auf und ab schritt, durchfuhr es sie, daß das Rad seinen Kreis vollendet hatte. Es gab also doch eine ausgleichende Gerechtigkeit. Das Denkmal, das sie überschattet hatte, war errichtet, aber binnen einer Woche würde es zum Thema jedes Spaßvogels, zum Gespött der Londoner Intelligenz geworden sein. Ihres Mannes befremdlicher Anteil daran gab ihr in dieser Nacht zwischen Träumen und Wachen unentwegt Rätsel auf, aber beim angenehm späten endgültigen Erwachen brach das Licht der Erkenntnis über sie herein. Es öffnete ihr die Augen, und als es geradewegs in sie hineinstarrte, begrüßte sie es mit dem ersten Lachen, das seit langem über ihre Lippen gekommen war. Wie konnte sie nur so dumm, so ahnungslos gewesen sein? Warren hatte, hinterlistig den Bewahrer spielend, was er tat, mit Absicht getan! Er hatte auf ein lange vorgekostetes Ende hingearbeitet, und das Ende – voll ausgekostet – war gekommen.

5

Dennoch geschah es erst hiernach – nachdem die anderen Sprachrohre der Kritik, darunter die Rauchsalons der Clubs, die Foyers des Parlaments und die Tischrunden überall, ihre Abneigung gebührend zum

Ausdruck gebracht und ihrer Geringschätzung freien Lauf gelassen hatten, und nachdem sich die zwei Unglücksbände, statt als Attraktion, als eine nicht sonderlich spannende und alsbald abgenutzte Neuheit erwiesen hatten – erst als dies vorüber war, erkannte Mrs. Hope wirklich, wie wunderbar *ihre* Chance und wie süß ihre Rache gewesen wäre. Der Erfolg *ihrer* Bücher, für deren Unvermeidlichkeit niemand ein Gespür gehabt hatte, wäre so groß gewesen wie der Mißerfolg von Lady Northmores, für deren Unvermeidlichkeit jeder ein Gespür besessen hatte. Sie las ihre Briefe wieder und wieder und fragte sich jedesmal, ob die Voraussicht, welche *diese* vor der Vernichtung bewahrt hatte, sich angesichts einer solchen Wendung nicht trotz allem rechtfertige. Verlangte die Schändung des englischen Esprit, die sich darin äußerte, daß er einer angesehenen Persönlichkeit von solcher Mittelmäßigkeit in Denkweise und Form zugeschrieben wurde, etwa nicht nach einem erlösenden Streich wie dem Erscheinen einer Kollektion von Meisterwerken, die unter ähnlichen Bedingungen zusammengetragen wurde? Eine solche Kollektion in Händen zu haben, ohne davon Gebrauch machen zu können, das war eine Marter, an der zu zerbrechen sie mit Recht hätte fürchten können.

Aber sie konnte etwas anderes tun, das zwar nicht erlösend, jedoch, wie die Dinge lagen, vielleicht durchaus angebracht war. Nach vielen Jahren holte sie das Päckchen mit Lord Northmores Briefen an sie aus

seinem Winkel hervor, und sie im Lichte seines späteren Stils lesend, erkannte sie, daß sie jene Unnachahmlichkeit in vollem Maße ankündigten; sie spürte, daß sie den Eindruck verstärken würden und daß sie, noch ungedruckt, ihren größten Schatz darstellten. Infolgedessen erlebte sie eine schlimme Woche, in welcher sie darauf brannte, die Briefe zu veröffentlichen. Sie verfaßte im Geiste das Vorwort, knapp, süßlich, ironisch, worin sie sich als von Pflichtbewußtsein gegenüber einem großen Namen getrieben und infolge jüngst geernteter Lorbeeren handelnd darstellte. Es würde natürlich Schwierigkeiten geben; die Schriftstücke waren ihr Eigentum, aber die Angehörigen, verwirrt, erschreckt, mißtrauisch, erschienen in ihrer Phantasie als ein Hund mit einer an den Schwanz gebundenen Kehrichtschaufel, bereit, beim Geräusch des klappernden Blechs mit einem Satz in Deckung zu gehen. Sie würden wohl zu Rate gezogen werden müssen, oder aber, falls sie nicht zu Rate gezogen würden, eine gerichtliche Verfügung erwirken; doch von diesen beiden Wegen zog sie den des ertrotzten Skandals für den Mann, den sie abgewiesen hatte – da die Vision ihre Wirkung tat –, demjenigen des vernachlässigten Taktgefühls für den Mann, den sie geheiratet hatte, vor.
Die Vision umhüllte sie, und sie verweilte bei dem Gedanken, der, als sie ihr vergilbtes dickes Päckchen abermals zur Hand nahm, bei erneuter Durchsicht noch überzeugter genährt wurde. Sie holte sogar An-

sichten ein zu dem Konflikt, der den Verwandten ihres alten Freundes bevorstand; sie holte von nun an in der Tat viele Ansichten ein; sie ging wieder aus, knüpfte wieder alte Fäden an, heilte alte Brüche, nahm sozusagen ihren Platz in der Gesellschaft wieder ein. Seit Jahren hatte man sie nicht so erlebt wie während der Wochen, die auf die Blamage der Northmores folgten. Sie suchte insbesondere alle auf, die sie nach dem Mißerfolg ihres Aufrufs geschnitten hatte. Viele unter diesen Personen zählten als Lady Northmores Förderer zu den unabsichtlichen Urhebern der unerhörten Bloßstellung, hatten sie doch, das war hinlänglich klar, in törichtem gutem Glauben gehandelt. Warren, vorausschauend und berechnend, mochte von solcher Finesse einen Vorteil haben, aber sonst hatte niemand etwas davon. Sie war zu allen – da sie ihr wie Narren vorkamen – frei und hemmungslos und fragte sie unverblümt, was sie oder ihre Vorgänger sich in den vergangenen Jahren eigentlich gedacht hätten. »Was um alles in der Welt hatten Sie im Sinn, und wo ist Ihr letzter Rest an Intelligenz geblieben, als Sie die unschätzbaren Briefe meines Mannes verbrannten und sich an Lord Northmores klammerten, als hinge Ihre Rettung davon ab? Nun sehen Sie, wie Sie errettet wurden!« Die haltlosen Erklärungen, die Einfältigkeit der angeführten Gründe waren Balsam auf ihre Wunde. Den wirksamsten Balsam bewahrte sie jedoch bis zum Schluß: Sie wollte Lady Northmore erst dann aufsuchen, wenn sie jeden anderen Trost ausgeschöpft hatte. Diese Quelle würde so wertvoll sein wie der Schatz, das dicke Päckchen. Schließlich machte sie sich auf und wurde durch einen glücklichen Zufall, sofern der Zufall in einem solchen Haus überhaupt glücklich sein kann, empfangen. Sie blieb eine halbe Stunde – es waren andere Leute anwesend –, und als sie sich zum Gehen erhob, war sie zufrieden. Sie hatte wahrgenommen, was sie wünschte, hatte ergründet, was sie sah; allerdings hatte unvermutet etwas anderes sie heftiger berührt als das dringende Bedürfnis, dem sie gefolgt war, oder die Rachsucht, die sie genährt hatte. Sie hatte bei sich mit allem gerechnet mit Ausnahme von Mitleid mit diesen Leuten, denn es geschah aus Mitleid, daß sie nach zehn Minuten alles andere schwinden fühlte.

Sie waren mit einem Mal, aufgrund der Tiefe ihres Mißgeschicks, verwandelt, und sie sah sie, die großen Northmores – vor allem anderen –, als ausgesprochen schwach und fade. Weder machte noch vernahm sie eine Anspielung auf veröffentlichte oder vereitelte Bücher, und so ließ sie ihre vorbereitete Frage verwehen, so daß, als sie ihre bleiche Gefährtin im Witwentum zum Abschied küßte, dies kein Judaskuß war. Sie hatte beabsichtigt, leichthin zu fragen, ob sie nicht *sie* zur Edition bewegen könne; doch der Verzicht, mit dem sie in ihr Haus zurückkehrte, hatte Gestalt angenommen, bevor sie den Raum verließ. Als sie nach Hause kam, weinte sie anfangs nur – weinte über die Gewöhnlichkeit des Versagens und über die Eigentümlichkeit des Lebens. Ihre Tränen brachten ihr vielleicht eine philosophische Einsicht: Alles ist so lang wie breit. Jedenfalls, als sie versiegt waren, holte sie zum letzten Mal das vergilbte dicke Päckchen hervor. Sie setzte sich vor einen Behälter, der täglich für die Müllabfuhr geleert wurde, und vernichtete, einen nach dem anderen, die Edelsteine einer Kollektion, in welcher jedes Stück ein Juwel gewesen war. Sie zerriß Lord Northmores Briefe bis auf den letzten Schnipsel. Man würde weder je erfahren, daß diese Sammlung gehortet, noch daß sie geopfert worden war. Und sie ließ es zufrieden dabei bewenden. Am folgenden Tag begann sie ein anderes Werk. Sie holte die Briefe ihres Mannes hervor und machte sich an die Arbeit des Abschreibens. Sie kopierte sie andächtig, liebevoll, und für das Ziel, das sie im Auge hatte, hielt sie nahezu keine Auslassungen für geboten. Sie sollten zu gegebener Zeit veröffentlicht werden! Wissend und entsagend zugleich schüttelte sie den Kopf im Hinblick auf die zukünftige Kritik. Als ihre Abschrift fertig war, schickte sie sie einem Drukker zum Setzen, und nach Erhalt und Korrektur der Fahnen ließ sie, jegliche Vorsorge zur Geheimhaltung treffend, ein einziges Exemplar abziehen und den Satz vor ihren Augen löschen. Ihre vorletzte – oder vielleicht besser vorvorletzte – Tat war es, diese Blätter, die, wie sie erfreut feststellte, einen Band von dreihundert Seiten ergeben würden, sorgfältig wegzuräumen. Ihre nächste Tat war, ihrem Testament eine genaue Verfügung für die Herausgabe des Buches nach ihrem Tod anzufügen. Ihre letzte war es, zu hoffen, daß der Tod beizeiten kommen möge.

Die von Jorge Luis Borges in 30 Bänden herausgegebene *Biblioteca di Babele* erschien im Verlag Franco Maria Ricci, Mailand. Die deutsche Erstausgabe wurde von der Edition Weitbrecht im K. Thienemanns Verlag, Stuttgart herausgebracht.

Gesetzt wurde der Text in der Excelsior und der Futura Bold bei Greiner & Reichel, Köln. Buchgestaltung und Herstellung: Anke Rosenlöcher, Frankfurt am Main. Umschlagillustration: Bernhard Jäger, Frankfurt am Main. Umschlag- und Einbandgestaltung: Angelika Richter, Heidesheim. Druck und Bindung: Friedrich Pustet KG, Regensburg. Printed in Germany 2007. ISBN 978-3-940111-11-1. www.edition-buechergilde.de / www.bibliothekvonbabel.de

QUELLENNACHWEIS

James, Henry, Die Blamage der Northmores (The Abasement of the Northmores)
Aus dem Englischen von Margarete Längsfeld

James, Henry, Das Privatleben (Private Life)
Ders., Owen Wingrave (Owen Wingrave)
Aus: Henry James, Gespenstergeschichten
Aus dem Englischen von Werner Peterich

James, Henry, Die Freunde der Freunde (The Way it came)
Aus dem Englischen von Werner Peterich

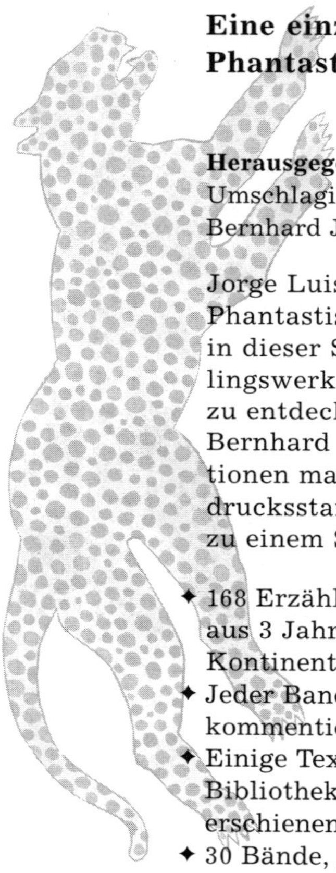